诗收获

2018年秋之卷

李少君
雷平阳
主编

长江出版传媒
长江文艺出版社

诗收获

2018年秋之卷

编委会

主　办：长江诗歌出版中心　中国诗歌网

编委会主任：吉狄马加

编委会（以姓氏笔画为序）：

冯明德　吉狄马加　朱燕玲　刘　川　刘　汀
刘洁岷　江　离　　李少君　李　云　李寂荡
吴思敬　张执浩　　张尔谷禾　　　　沉　河
林　莽　金石开　　周庆荣　胡　弦　泉　子
娜仁琪琪格　　　　高　兴　商　震　梁　平
龚学敏　黄礼孩　　彭惊宇　敬文东　谢克强
雷平阳　臧　棣　　潘红莉　潘洗尘　霍俊明

主　编：李少君　雷平阳
副主编：沉　河　金石开　霍俊明
编辑部主任：黄　斌
编　辑：一　行　祝立根　徐兴正　王家铭　谈　骁
编　务：胡　璇　王成晨

诗歌写作中，有两个时间脉络。

一个可以称为"外部时间"，另一个则是"内部时间"。时间是个古老的话题，在世界的每一个局部，它都出现，消亡，循环不已，引起的不朽与速朽之争乃是宇宙级别的战争，而且即使生命终结，也总是分不出偏与正。在诗歌里、语言里，也没有一个诗人可以避开时间，无非是不同的诗人有着不同的时间观念。

当然，我说的时间，不是钟表上的刻度，树木横截面上的年轮，它乃是诗歌史中诗人之于古老的美学精神、对现实世界的体认和不朽的创造意识三者的传袭与把握。它们中关涉"内部时间"的写作，我认为就是罔顾现实、一意孤行的有源头和未来的独立性写作；"外部时间"之下的写作则意指那些"把握时代脉络"的写作。两者之间谁是谁非，谁更有生命力，谁更具艺术价值，以前争论，现在也在争论。争论的基础就是时间，时间始终在左右着人们的艺术良知和人文精神。在时间史上，得一时之利的是"外部时间"，得不朽之名的是"内部时间"，可惜当事者谁也经历不了。也正是因为谁都经历不了，才会有那么多两面讨好的幽灵出没。

我的笔触一直针对现实，而美学与思想诉求则遵循"内部时间"中伟大的诗歌精神，这不是一个什么新空间，但屡屡会被误解与否决，而原因也无非是因为现实世界中混沌未分，人鬼神生活在一起，而更多的人倦于去辨别。不过，在"内部时间"与"外部时间"之间，如果要让我选择一个，我会毫不犹豫地选择"内部时间"，因为"外部时间"里的"现实"一直在重复，摹写与虚构没有本质性的区别。

雷平阳

2018 年 9 月 10 日，昆明

诗收获

2018 年 秋之卷

目录

推荐 //

中国诗歌网作品精选 //

评论 //

季度观察 //

《误入芦苇深处》 王洪云 130cm×170cm 布面油画 2014 年

季度诗人

赵野的诗

／ 赵野

1964 年出生于四川兴文古宋，毕业于四川大学外文系。出版有诗集《逝者如斯》（作家出版社，2003），德中双语诗集《归园 Zuruck in die Garten》（Edition Thanhauser，Austry，2012），《信赖祖先的思想和语言——赵野诗选》（长江文艺出版社）。

霾中风景

塔楼，树，弱音的太阳
构成一片霾中风景
鸟还在奋力飞着
亲人们翻检旧时物件
记忆弯曲，长长的隧道后
故国有另一个早晨
如果一切未走向毁灭，我想
我就要重塑传统和山河

春望

一
万古愁破空而来
带着八世纪的回响
春天在高音区铺展
流水直见性命

帝国黄昏如缎
满纸烟云已老去
山河入梦，亡灵苏醒
欲拆历史的迷魂阵

二
永恒像一个谎言
我努力追忆过往
浮云落日，绝尘而去的
是游子抑或故人

春望一代一代
燕子如泣如诉

隐喻和暗示纷纷过江
书写也渐感无力

三

词与物不合，世纪的
热病，让鸟惊心
时代妄自尊大
人也从不长进

羊群走失了，道路太多
我期待修辞复活
为自然留出余地
尘光各得其所

四

速度，呼吸，皮肤的声音
无限接近可能性
多年来我在母语中
周游列国，像丧家犬

等候奇迹出现
"鲤鱼上树，僧成群"
或一首诗，包含着
这个世界最圆融的生命

五

祖国车水马龙
草木以加速度生长
八方春色压迫我
要我伤怀歌吟

要忠于一种传统

和伟大的形式主义
要桃花溅起泪水
往来成为古今

剩山

一

这片云有我的天下忧
它飘过苍山，万木枯索
十九座峰峦一阵缄默
二十个世纪悲伤依旧
大地不仁，人为刍狗
我一直低估了族类的恶
现实还能独自成立吗
湛湛青天，请示我玄珠

二

故园不堪道统的重负
东南起嘉气，驱转星斗
此时念想自彼时眼泪
菊花每开出两地乡愁
更远的溪谷，文字合物事
一个神秘的黄金年代
修辞把春风，漫天的绿
与圣人气息，诗一样归来

三

那是我梦寐的清明厚土
日月山川仿佛醇酒
君子知耻，花开在节气
玄学被放逐，另一种气候
湿润，明朗，带转世之美

素颜的知识成为人间法
松风传来击壤歌，噫吁嚱
桃花流水悠悠，吾从周

四

自然有方法论，朔鸟啾啾
应和着庙堂上礼乐一片
飞矢射隐喻，春风秋雨
让说不出的东西失去勾连
教条皆歧义，我孤诣苦心
誓要词与物彼此唤醒
深入一种暧昧，酸性的
阴与阳之间的氤氲

五

文明会选择托命之子
谁是那仗剑佩玉的人
受惠于一次秘密的邂逅
他登高必赋，代天立言
凤凰三月至，他九月出走
留众生无数流言与传说
薄雾清晨修来封远书
山水迢递，泛月亮的青色

六

我的梦寐即天下的梦寐
而你，夕光中自负的君主
一个好事者，闪亮登场
此夜江山彻骨寒冷
阡陌连阡陌，你两手空空
西风的尽头六经如谶
城墙上站满历史谪迁户

长空深闺幽幽，吾从宋

七

而春江配不上一首哀歌
我迎风拨弄万种闲愁
光敲开睡眠，蝴蝶翩翩
一点余绪成帝国高度
锦瑟无端翻往世声
明月沧海的高蹈脚步
在时间里踏过，群峰回响
好一个迷离的有情人世

八

斑驳的断崖上遍布爻辞
美乃公器，天下共逐之
天堂与地狱邈不可及
汉语如我，有自己的命运
和牵挂，知白守黑中
我反复写作同一首诗
苍山的花色为此开明白
我原是一个词语造就的人

你的花园
——献给巍巍

紫竹、丹桂、腊梅、陶菊、罗汉松
它们是你的世界，也将构成我的世界
杜鹃、山茶、枇杷、惠兰、八仙花
我要一一了解它们的质地
一个诗人至少懂得二十四种植物
在你的花园，我补习这门课程

我珍惜这里的每一棵树、每一丛草
脉气相连，方寸间事物常新
我爱飞来的每一只蜻蜓、蜜蜂、蝴蝶
怎样的因果才能造就一次相逢
我相信在前世，它们和你，以及我
会有一种不能舍弃的关系

这些树次第开花，结果，凋零
再长出新芽，我灵魂中的黑暗
和衰颓的流年，渐渐升起亮色
任人世多疯狂与痴妄，我只沉湎于
一种旧式的感动，你的花园里
每一株植物都有这样的身姿

我们得向植物学习啊，它们
用谦卑的气息，昭示了一切
生命不会是一团火，万物
自有秩序，比如草木
只要静默地生长，你的花园
我也该成为它的一部分

怀着正午般悲悯，日日面对群山
与伟大的亡灵对话，遥想一个盛世
众鸟奔赴未来，我独回望过去
你的花园就是历史和天下
十万兵马依稀驰走苍山东麓
我遂摘叶写下这篇诗歌

一只松鼠进来，在小径上觅食
一片樱花落下，四周悄无声息
树枝的每一次折断都会让我痛楚
你的花园里我恍惚最初的人

阳光送来古老的祝福："在此刻
我是幸福的，我将因此幸福一生"

宋瓷颂

一
起初，是一阵风，吹过水面
自然的纹理，激荡空无的远
再返回，大地上最初的色彩
与形状被唤醒，袅袅烟岚中
哲学和诗歌开始了轻盈统治
山河跃跃欲试，言辞闪着光
涌向汴梁，一个未知的时代
要发明新风尚，把一切打开
帝国尚踌躇，不经意间，美
已到边界，建立起最高法则

二
他梦到一种颜色，雨过天青
来世灼灼光芒，点燃龙涎香
芬郁满城，二十只瑞鹤降临
白云悠悠啊，我清瘦的笔触
似金箔，只描绘不朽的行迹
火光烛空明，夜，人不能寝
词与物合，桃花薄冰中绽开
又委顿一地，我要活出绝对
苍天可鉴，凤凰非梧桐不栖
一旦赢了美，江山何妨输尽

三
在静默中求声音，如在黑里
找寻白，泥土有自己的念想

混合着夜的褶皱，炼金士的
纤纤素手，梳理着白昼疯狂
向往赤子的清澈，诸象渐渐
消失，成为色与空的教科书
看，天理在滋，而尘欲高蹈
岩石的激情静水流深，其实
我们一生努力，不就是为了
极限处脱离形体，径入永恒

四

寂灭在寂灭之外，何染纤尘
世界，太多的喧嚣，一点冷
从地心穿过火焰，雪花纷纷
在身体洒落，携带六经话语
所以一片瓷，就是一个君子
磊磊若松下清风，惊鸿暗度
高古的旷野，万物一片圆融
幽兰轻轻在日落的山梁升起
我恍若隔世，返回永生之地
夜夜看月缺月盈，不悲不喜

五

这是文明的正午，一部青史
裂缝中漏出的光，改变过去
并昭示未来，天下素面相见
燕子飞出文字，元音把时间
熔铸进空间，成就终极之诗
樱桃涅槃，一法含有一切法
万法山林流云，因此一代代
在内心的尺度中，蓦然回首
美即自然，自然即美，风啊
早已在水上写下天启的颂辞

苍山下（一）

日日

日日面对群山，我的抱负已星散
只关注生命本来的样子
清碧峰顶一朵云，像饿虎
扑过来，又闲挂在感通寺
自然有自己的游戏，人世亦然
这惬意不足以向外言说
此刻，树木欣欣长出新芽
我俨然听见了万壑松风

正午

正午的时光幽长慵倦
桂花树下适合读陶潜和王维
山岚悠悠啊，我们都爱这片虚无
以及虚无深处的一滴眼泪
此心光明，万物不再黯淡
草木坐领长风，一派欣然
众鸟返回树林过自己的生活
我向天追索云烟的语言

如何

如何赞美山林的静默
以及燕子的飞翔，当下是问题
我要格物出花，在它们之间
找到更深刻的义理
阿多诺说，没有任何抒情诗
可以面对这个物化的世界
阵阵好风吹过，我还是
感到了一种顽强的诗意

樱花

樱花璀璨，我的心智

每一秒都被混乱席卷

每片花瓣上都有一次人生

彰显什么是无常与真实

我已到知晓天命的年纪

无边花海里燕子翻飞

伟大的密勒日巴尊者说过

他的宗教是生死无悔

大风

大风吹乱苍山的云

吹乱红尘的白发，往世的微茫

夏虫吐纳长天，要我们内视

在空里把自己活成山水

半世狼突，生死都是盛宴

觥筹交错间有人高唱

"我们每刻都正在死啊"

樱花满树碧玉，随风摇曳

连夕

连夕风雨后，苍山青翠欲滴

溪谷飘着八世纪的烟岚

天上的人儿，随山灵游走

每处履迹都有我的乡愁

几只鸟在深涧长鸣

应和一个传统，到春到秋

时代不断错过，我乘云而起

最后清点这大好山河

秦王

秦王的剑气已到易水

要先于刺客把历史改动
咸阳吹起阵阵北风
最坏的可能总选择我们
一朵云飘来，先知般疾呼
是时候了，何不乘桴浮于海
昔日帆影还在么，我喟喟向天
苍山上响起八章哀歌

夜雨

夜雨打在屋檐上
像悲伤的杜鹃叫醒记忆
岁月凶残，死亡以加速度来临
又以加速度被忘记
我有一个抱负，隐秘而慵倦
却如归程遥遥无期
我们已经历那么多，还会更多
直到一切都化为灰烬

为了

为了此地创造一处彼地
为了现在发明过去
苍山十九峰，每座山头上
坐着一个苍雪，日日看云起落
"水就是空行母"，尊者说
那么，风也是，我这样想
心仪的旧友啊，此刻多愿你
化着一场雨，渐渐落下

子夜

子夜醒来，天空清澈如水
龙溪发出好听的声响
丹桂又长出几片新叶

扶桑花开着，仿佛夏季来信
一只鸟栖息在树梢
另外一只，振翅欲飞离
真是喜悦啊，平常的一个日子
我竟见秦时明月汉时空山

我写

我写恒常的诗，如水流淌
元音弹响，直抵生命的本质
月亮是最初的月亮
所有的路径都通向死亡
这个世界太多复杂的智识
其实不过文明的惩罚
我写谦卑的诗，山一样静默
"万物皆有定数，包括悲伤"

苍山

苍山光芒万丈，云层下
飞瀑一样的光里飘满文字
山谷幽深明亮
犹如一份终结的答案
我的前生在空中——浮现
袅袅烟岚中万花盛开
我已不想再在路上，我要说
真美啊，时间，停下来吧

苍山下（二）

独自

独自凝视苍山，好多词语
浮现如陌生真理
生命不过一个比喻

我们一代代，徒劳报废自己
天空空无一物，大地上
奔腾着粗鄙的现代性
这些我都毫无关系，我原是
存活在前朝的镜像里

黄昏

黄昏苍山让人心醉
我的人生开始做减法
这地老天荒的算术使结局
越来越清晰，年岁浩荡流逝
我们正在经历的每一天
其实就是最好的日子
我们什么也不能战胜，却总会
在同一条河流淹死两次

雨水

雨水让我更能认识自己
看清世界稳定的真相
无为寺阵阵晚钟
多年的低烧渐渐痊愈
远处烟岚像发亮的灵魂
往另一座峰顶飘去
记忆凋零，我心若生铁
誓要与苍山共老

秋风

秋风扑面，带着种族幽怨
所有吟咏者已绝尘而去
那些高蹈姿态，原是
滋生在无边血腥里
我面对的整个历史犹如镜子

照得苍山一片寒冷
落叶纷飞，闪耀末世的光
赋予诗和美新的合法性

今日

今日大雪，苍山没有节气
像一个词根，依于仁
马松在首都写诗，说爱无畏
北方的悲伤有了温度
要创造另一种存在形式
不屑与时代产生瓜葛
这世界还会好吗，每天那么多
坏消息，羞辱明月清风

不可（致耀缘师）

不可诅咒绽放的花朵
觉受是一个幻象，随生随灭
开阔的智慧生长于山林
石头如修行，欢喜也是正义
我们正渡过血泪的海洋
马匹在手掌上踏破西风
时间沦陷时一念升起
万物互连，刹那里返回

我们

我们就是文明的灰烬
燕子空衔飞扬的六经
十里苍山路，十里亡灵
满脸惊愕，泪眼泯灭古今
一种德性生出一种现实
一个地址必有一次约定
天意幽冥，凄凉之雾升起

紧锁这块土地

想象

想象一种传统，春日
天朗气清，我们几个
吟风，折柳，踏青草放歌
或者绕着溪水畅饮
我们会在冬天夜晚，依偎
红泥小火炉，看雪落下
此刻诗发生，只为知音而作
不染时代的喧嚣和机心

老虎

老虎将死，最后的目光
沉进泥土化作琥珀
我摊开掌心，八方风云际会
人世又到了严重时刻
我们仍在艰难前行
每一座山峦都是火焰
一片苍茫中，我立地成佛
将自身移入他人与万物

历史

历史已然中断，怎么能确定
过去和现在的价值
一页页发黄的旧书中
可会找到路径，由我穿行
汉语要召回飘远的游子
做个暗夜持灯人
他将见证一次次覆灭
为新的经验正名

我以

我以秋天的心，说出
寺中之言，鸟兽岂可同群
如果诗不能证悟真理
六月苍山一片飞雪
又是新的一年，我满怀惊惧
浮云上漂浮的还是浮云
文脉断裂了，灵魂如何安顿
我们是热爱意义的人

苍山

苍山苍凉如故。零度的
青山对应着一部青史
云烟重重，真相无法看清
任渔樵闲话把酒
我与天意订个契约
出入山水之间，俯仰成文
生命终要卸下重负
词语破碎处一切皆空

注："欢喜也是正义"语出马松；"渡过血泪的海洋"语出佛陀；"将自身移入他人与万物"
语出李敬泽；"我们是热爱意义的人"语出曼德尔斯坦姆；"青山对应青史"语出赵汀阳；
"词语破碎处"语出格奥尔格。

徽杭古道致王君

一

细雨沾衣欲湿，杏花风吹来
一片天，纷乱叙事如山瀑飞泻

断崖仿佛一个经典文本
涂满苔藓、咒语、汴梁和盐

往来的马匹看尽云霞明灭
万物皆知此心的动静

飞鸟明了隐喻，向西迁徙
耀缘师留下，冥想时间履迹

二
冷杉与杜鹃偕朝代生长
成就一个诗人，山河必定泣血

写作要内化一种背景
像这石径，每一步都是深渊

要点燃千年的冰，让杭州和徽州
弥漫宋朝暖意，好比此时

身体下起雪，一个字母击碎虚空
我们谈到传统，狮子洞大放光明

兰亭

一
是日天朗气清，竹林修远
万物带来各自的消息

春风又写出一篇好辞
每一处动静皆有新意

人世辽阔，古今都是背景
而生命需要一种形式

比如美学或者追忆
我端高酒杯，忧伤突然泛起

二
我们终究会消失啊，明月
照百川，不落一点痕迹

齐彭殇不过高蹈的姿态
流水远去，有万古愁绪

在此建立一个小传统
让过去和未来的秩序松动

鹤群飞过，千年犹有回响
会稽到长安，汴梁到大理

冈仁波齐

一
这里的每一块石头，都是佛
词语带海拔，能指变得虚无

悲心徐徐铺展，这是觉醒的
黎明时刻，雪峰化作一只白鹤

无尽的力量涌向匍匐的荒野
万物相连，我们有相同的感受

天梯闪着光，是爱推动群星
和太阳转动，期待人类证悟

二

突破极限的肉体，可以飞翔吗
大地和天空隔着多少咒语

漫山经幡激荡心旌，我还想
再来一点莫扎特，入世元音

在稀薄空气里有怎样的颤栗
恒河就将卷起怎样的潮汐

我们祈望废黜时间，如鸟儿
摆脱重力，驰向冈仁波齐

三

四方云飘来，雪山披上僧衣
一切存在只为做好自己

殊胜的土地，一个种族繁衍
每处物象皆含逆天之谶

伏藏人潜行风里，随云而去
喜马拉雅飞升，撒播宏大密法

言辞凿凿，越过刀的锋刃
以尘埃为中心，得救成为可能

四

慈悲的大河奔腾，满天星斗
像一堂花开水流的消亡课

未来已来，文明纳入一粒芥子
不再有开始，也不再有结束

我看到所有的死都漂浮未定
世界出现了一种晚期风格

每个符号都是冈仁波齐
等着众生来读，或者误读

注："爱推动群星和太阳转动"语出但丁。

加德满都的黄昏

加德满都的黄昏
宁静得像一面镜子
风吹动着每个飘忽的身体
以及虚无背后的虚无
一个孩子走向我，他说
其实死亡是一件很简单的事
他就单纯地想死
他今年十二岁
他将在十三岁时死去

中秋夜致柏桦

霜露、月亮、乌鹊的飞翔
南风习习，少年的梦想还可期呢

诗人在格物中学习生活
直至针尖开出会心的花朵

满世界都呼啸着奔赴未来
我们独独走回过去

南风熙熙，拂过每一个洞穴
万物都有自己的天上人间

读《枯鱼过河》

鱼到了岸上
才知道水的存在
以及传统在什么地方
未来有怎样的磨难

成都的艳阳天
是诗歌天然的反环境
无情的道德律令
催动语言民间起兵

彼时，国家在嘲笑
每一个助它集权的人
俄狄浦斯弑父，哈姆雷特迷惘
除了词还是词

于是一只鸟以坠落的方式
成喧嚣的逃遁者
它先眺望遥远的星辰
再低头沉思自己的宿疾

注：本诗大部辑自钟鸣随笔《枯鱼过河》。

江南

一

半壁山微光，整座城醉酒
一页书的抱负，白马红袖

钟声低空呼啸，南风奔走
乡愁迎头撞向晚的渔舟

彼何人啊，知我者谓我心忧
不知我者谓我何求

万方多难中独上高台
天若有情，怜我昔年种柳

二
断垣残壁是历史说明书
燕子掠过朝代的脚注

亡灵布满开花的树木
江山寥落，曾经万里如虎

唐宋濯我缨，明清濯我足
极目回望，那些名字多虚无

沁骨的忧思梨花般飞舞
天际一叶帆，荒丘一抔土

三
如月的人儿倚着阑干
空谷来风，有我多少期盼

三秋桂子绕十里荷田
积雪的手臂让游子倦返

梅熟日听雨，天凉时望气
人民知晓物候和季节

万顷春水成了集体的心病
山还是山，好梦已做完

四

千里莺啼，绿红一片狼藉
无边风月写出满纸烟云

美人和草木没来由猛长
空气都享乐，这汉族的宿命

湛湛江水一往而情深
那么多悲悯，替苍生洗尘

时代与我谁会先沉沦
谁在长歌当哭，煮鹤焚琴

五

少年的形而上学，白头癔症
一种相思宛如亲密敌人

二十年怀想，只为一首诗
几个词汇就滋养他一生

江南啊，人人都说江南好
记忆的樱桃，唇上的风暴

河流中的镜子泠泠作响
我抽刀断水，为这末世招魂

归园

一

半世漂泊，我该怎样
原宥诗人的原罪
像哈姆莱特，和自己
开一个形式主义玩笑

山水进入冬天
蚕蛹沉思起源
多年前，我一语中谶
成为诗歌不幸的注脚

二

O 型血集体狂奔向
她唇上的闪电
萤火虫把美学课
讲到香帏深处

斜阳一次次失眠
历史如邻村寡妇
多年后，帝国的忧伤
红杏般开在墙头

三

画栋里的农业时代
和朱帘上的万古孤独
泛起阵阵霜意
让我哭泣

汉族就这样了
一切都在分崩离析

池塘上漂浮着
灵魂的剩余物

四

屠城的鸟绕着屋檐
寻找童年的楼台
高堂镜子早读出了
这场豪赌的结局

这个世界，我终究
要与你达成和解
我会谦卑地为这断垣
添加几片瓦砾

五

俱往矣，数天下兄弟
还在咫尺
每个月圆的午夜
还有清歌一曲

天上撒野，云端纵酒
归园做白日梦
蝴蝶飞过花丛
也是一生

注：归园系安徽诗人周墙所建园林，传为赛金花故居，2006 年底在此举办了"第三代人"
二十周年纪念诗会。

雪夜访戴

兄弟，我终于抵达你的门前，晨光熹微
兄弟，我穿越了整夜的风雪

昨夜我被大雪惊醒
天空满是尖叫的狐狸
我彷徨，温酒，读左思
忧从中来，心一片死寂

四周站立白色，惟有河水
在流动，有人的暖息
世道险恶行路难，兄弟
我怀念明净的剡溪

岁月苦短，好多愿望都蹉跎
每一瞬都在成为过去
于是我穿越了整夜风雪
只为胸中一场快意

此刻雾还没散尽，露水欣然
草木在阳光下渐渐苏醒
我打开了整个身躯
应和每一寸天地

"情之所钟正在吾辈"
我终要与这山川融一体
兄弟，我突然觉得可以回了
遂调转船头，酣畅淋漓

如果你醒了，请打开那册书
如果还睡着，继续做只蝴蝶
生命倏忽即逝，悲风遗响
我要走向另一种记忆

广陵散

一

日影压过来，鸦群似外套
此刻我感到了生命的寂寥

天空一片亡灵般青色
有如去年的生铁在燃烧

世界好静，虚无徐徐铺展
我还想弹一曲《广陵散》

这次人鬼同途，琴心合一
让群峰皆响，云穷水遥

二

琴弦泠泠，若石破天惊
琴弦铮铮，有戈矛纵横

北风从松下萧萧吹来
布衣之怒足以倾城

竹林早荒颓，故人已疏缈
山河满目，谁知我心焦

君子有所为有所不为
万里志空空，与光同尘

三

一个时代就是一种命运
鱼和鸟的当代史，深渊长林

世与我相违，危邦苦居啊
习习谷风吹我素琴

上不臣天子，下不事王侯
五弦里有归雁和醇酒

屋檐怨气冉冉，终有人
闻所闻而来，见所见而去

四

时辰到了，垂亡的辩证法
让这谢幕还算灿烂

余音袅袅绕行云流转
玉山将崩，天地也寂然

死不过一个概念，多么抽象
活着才具体，我已知晓

只可惜了这《广陵散》
如此曲调，竟会世再不传

赞美落日

一

云的无限是一道
深奥的数学题
不知不觉就到了
赞美落日的年纪
夕光如深渊，闪着
多少屠龙的幻景
我独忆山梁上

那个恍惚的少年

二

那时，他志存高远
梦想先知的语言
把一种原初的力量
注入事物的躯体
他期盼每朵花儿
都获得准确的命名
让天下重归天下
人成为人

三

过分修辞的帝国
早已病入膏肓
制度的夸饰繁缛
连孔子也怅惘
他说了，道不行
将乘桴浮于海
把一片锦绣大地
留作恶的试验场

四

种种宏大叙事
编织炫目的网罗
巧言仿佛阡陌
丛林里纵横交错
山水啊，田园啊
哪儿是栖身之所
君子何为？我还要
面对这古老的命题

五

暧昧含混的文明
使历史失去温度
王朝尚未终结
岁月已然蹉跎
其实我们的一生
都是徒劳的练习课
枯草长出青草
长亭更复短亭

六

人世总在谢幕
谁能作逍遥游
每个时代都抄袭着
上一代的剩余物
未来即过去，过去
亦就等同当下
鹈鸟叫，朗朗晴空
可有另一只翻云手

七

厌倦了各种声音
似是而非的可能性
安心把百炼钢
打磨成绕指柔
如今我赞美落日
和那些浩荡生命
难道还有比虚无
与死亡更深的忧愁

八

心灵的价值走向

决定了经验的宽度
有如河水流向远方
季节不染福祸
世界本来的样子
就在我们的恒识中
常言道，此生虽空
却总值得一过

乡愁

一
楼房生长着
天空被分割成一个个窗子
一阵暴风雨后
蚂蚁涌向广大的原野

二
白驹过隙间
尘网中已三十年
故乡成为形而上的名词
像时间、永恒和美

三
春天，河水涨上山坡
柳树垂向土地
我想我还是知道
燕子和鱼的快乐

四
土地也只是一个词
坚实丰饶的土地
丧失多久了

我们飞翔和返回的能力

五

"乡愁来自得克萨斯无尽的丘陵
和新墨西哥锯齿状的山脉"
这个无端的夜晚
我打开波德里亚的《美国》

六

里屋的勃拉姆斯
已重复放了三遍
地上的霜疑是
记忆中的第一道月光

七

那次，月亮又圆又亮
静谧透明的世界
我们一群孩子
偷走了十几棵卷心白菜

八

衣服被露水打湿了
还要躲避小黄狗的狂叫
此刻我仿佛在品尝
前世的幸福和忧伤

往日·1981

从古宋到成都，一路月光
把流水照得发亮
从冬天到夏天，鱼群激越
游向更大的海洋

而那些梦想，秘密
或羞涩，像宿疾悄然生长
燕子却眼含泪水
飞过祖传的高墙

汉水

一

击鼓的人远去了
歌唱的人才来
从秋天到春天
利刃长满了青苔
逃过谋杀的君王
谋杀了整个北方
而树木青青，又青青
已把一切掩埋

二

很多的声音，很多的树
涉过汉水的波澜
铁甲沉没，种子生长
不分白昼和夜晚
那些命定的场景，如浮云
任我们世代穿行
羌笛却破空而来
从长城直到衡山

1998·中秋·西安

一

这座城市，这个季节
表明一切很难真实

天气萧瑟，街道清冷
一如某次阴谋的前夜
太多的往事不免忧伤
太深的心思难逃浮躁
像此刻，我就渴望烽火
期盼有谁兵发咸阳

二

闲在西安，看几本旧书
和一部伤感的电影
浏览一些古迹，也很想
就此写出几行诗句
这种冲动已有点异样
仿佛故乡遍插茱萸
但在西安，恍若隔世中
总有声音磨砺神经

旗杆上的黄雀

同样的气流包围着我们
它的惊悸像我的食指
和名字，在发热的季节
在三世纪，充满睡眠和金属

风宽阔，它的翅膀轻轻抖动
我的眼前，长江水往上涌
我驱车直奔江边，谁是英雄
谁能让植物停止迁徙

或者遏制言辞的疼痛
改变我的角色，让别人充数
让他骑马踏过薄冰

让我眺望山川，放声大哭

我的余生只能拥有回忆，我知道
我会死于闲散、风景或酒
或者如对面的黄雀
成为另一个人心爱的一页书

有所赠

难得一次相逢，落叶时节
庭院里野草深深
扇子搁在一旁，椅子们
促膝交谈，直到风有凉意
我割开水果，想到了诗的生成
无数黄叶在空中翻飞

酒杯玲珑，互相说着平安
和即将到来的节日
你瘦削，挺拔，衣袖飘飘
我知道了风波的险恶
白马越过冰河，你还要走
你还回不回来，再论英雄

月光清澈，星辰隐去
风暴从北方来，鸟儿飞向南方
你抬起左手，清风阵阵激荡
多年的心事一泻无遗
唉，长剑，长剑，锈蚀了墙壁
甚至斩不断一根稻草

好朋友，我为你放歌一曲
我为你宽怀而激越

明月皎皎，言辞上了路
我知道你的胸怀，铁马金戈
明月朗朗，言辞上了山
你知道我的一生，悄然将虚度

水银泻地的时候

水银泻地的时候
忧愁穿过墙壁
又和着嘶哑的音乐
使我羞惭、灰心

整个夏季，仿佛一场
没有主题的游戏
不知不觉，就沉沦
变成另一个父亲

在准确的时间里奔走
为简单的日期眩晕
却忘掉了山崖上
滔滔号叫的孩子

而当睡眠浸透了肉体
像水漫进树林
一生的理想，在窗外
冻成了一颗霜粒

诗的隐喻

蹚过冰冷的河水，我走向
一棵树，观察它的生长

这树干沐浴过前朝的阳光
树叶刚刚发绿，态度恳切

像要说明什么，这时一只鸟
顺着风，吐出准确的重音

这声音没有使空气震颤
却消失在空气里，并且动听

1982 年 10 月，第三代人

平静的江水，激情的石头
秋天高远，一切都是真的
他们脸色红润，口齿因为
发现而不清，这是黄昏或黎明
天空飞动渴望独立的蝙蝠
和他们幸福的话语，仿佛
一切都是真的，没有怀疑
没有犹豫，树叶就落下来
这就是他们，胡冬、万夏或赵野们
铁路和长途汽车的革命者
诗歌阴谋家，生活的螺丝钉
还要整整十年，才接受命运
习惯卑微，被机器传送
为五谷的生长感恩吟唱
并在每个午夜，扪心自问
那一切都是真的？真的！

字的研究

整整一个冬季，我研读了这些文字
默想它们的构成和愿望

我把它们放在掌心，翻去覆来
如摆弄水果和锃亮的刀子

它们放出了一道道光华，我的眼前
升起长剑、水波和摇曳的梅花
蓝色的血管，纤美的脉络
每一次暗示都指向真实

我努力亲近它们，它们每一个
都很从容，拒绝了我的加入
但服从了自然的安排，守望着
事物实现自己的命运

眩目的字，它们的手、脚、头发
一招一式，充满对峙和攻击
战胜了抽象，又呼应着
获得了完美的秩序

生动的字，模仿着我们的劳作
和大地的果实，而在时光的
另一面，自恋的花园
蓦然变成锋利的匕首

准确的字，赋予我们的筋骨以血肉
点燃我们灵魂的火把
冥冥中它们大胆地突进，成为我
悲伤生命里惟一的想象

规范的字，毗邻我们出生的街道
昭示我们命定的一瞬
多少事发生了，又各归其所
那历史的谋杀壮丽而清新

沉着的字，我们内心未了的情结
穿上童年的衣衫
战士步出东门，刀戟砑然
而城楼悬挂着乌黑的镜子

哦，这些花萼，这些云岫，我的
白昼的敌人，黑夜的密友
整整一个冬季，我们钟爱又猜疑
我们衣袖或心灵的纯洁

此刻，流水绕城郭，我的斗室昏暗
玉帛崩裂，天空发出回响
看啊，在我的凝视里
多少事物恢复了名称

它们娇慵，倦怠，从那些垂亡的国度
悠悠醒来，抖落片片雪花
仿佛深宫的玫瑰，灿烂的星宿
如此神秘地使我激动

我自问，一个古老的字
历尽劫难，怎样坚持理想
现在它质朴，优雅，气息如兰
决定了我的复活与死亡

赵野：诗歌母语主义的合理性

/ 陈亚平

在我看，诗用眼睛、耳朵或舌头当准绳的不存在者，是可以在心里思议和默说的，因为，诗中想到的东西和存在本身是不分的。如果我们要在语言中预定"是"和"不是"，能说出"不是"，已经在心里预先存在了"是"。但诗里面讲的不存在者，不光是指一种可能性，可能性有时是靠逻辑扎根的。但诗从不凭现成的东西，求得可能性。诗，就凭它不凭任何一样东西，得到它自己。心里预先的居间，先于一切存在者。

赵野就是一个把母语发挥到超出常规窒碍的绝创型诗人，他那种炼词的复活手法的读写感，恍惚有阮瑀、阮籍、陶渊明、贾岛、陆游、苏轼的叠影。但赵野在他诗歌形式外观专门要对应的前风格里面，发展出的突然转到和预期相反的方向，又和东方与西方那种前传统的常规类型不一样。读赵野 1980 年代根源性的三部曲《河》《字的研究》《春秋来信》等作品，就足让我感到，绝创一种过人形式感的职责，不是沿用每种传统类型包含的剩余潜力和一点点发散力，而是要找出别人做不出的变化类型的未来性质。从语言类型上说，赵野找到了诗的无实体词和日常实体词之间的黄金平衡点，就找到了运动词感和静默词感之间的对比空间，那是一种水在隐蔽的地方静静流过的感觉，在风景里控制局面。汉语有一种不需要外来内容的独立性，它和汉语之外的类同形式无关，必须要靠一种颠覆性的压腕手法，要让母语的原生汁髓在躯干中保留下来，又要除掉它过去的皱皮。

选一段我熟读的赵野诗作《宋瓷颂》：

起初，是一阵风，吹过水面

自然的纹理，激荡空无的远
再返回。大地上最初的色彩
与形状被唤醒，袅袅烟岚中
哲学和诗歌开始了轻盈统治
山河跃跃欲试，言辞闪着光
涌向汴梁，一个未知的时代
要发明新风尚，把一切打开
帝国尚踌躇，不经意间，美
已到边界，建立起最高法则

    赵野这首诗的灵感焦点，围绕在"哲学和诗歌开始了轻盈统治"这句，它把诗段落里的主骨架和最支撑的意思，都递传出来了。诗中的"统治"一词，体现出赵野站在了哲学和诗相互合助的这一边。诗中起始的沉思，为一种追询的反思服务，是赵野从1989年作品《春秋来信》名句"有些事是说不清楚的"开始，一直保持到2018年的特大标志性，它贯穿在赵野诗歌发源性到发祥性的擅长思议的样貌中。句子"要发明新风尚"，当中的口语"要"，和书面语"发明新风尚"组合排列的位置，形成了一个1-5式复词结构，这就改组了口语词义和书面语词义各自的单义成分在空间上的孤立状态。它可以把口语单义点和书面语单义点，组合成一种兼有多面优越性质的超强词义流，起到不排斥口语又不依赖书面语的作用。"轻盈"和"统治"连着的中间环，是赵野最擅长的身临大自然所得的群鸟式的想象点。"轻盈"一词的含义很迂回，说明赵野从内心感到了哲学和诗那种互助的原始心界的太一，那种微妙的超逸。例如诗句"山河跃跃欲试"，很像拟人句，但它表层中微妙的象征色彩，能通向它内部更多的轻诗意的余感，特别是把它放在一截整体诗行的段落中，更会感到浸透了斜流过来的无尽无穷的涌泉。

    这直接演化成了赵野1990年《时间·1990》、2000年《中年写作》和2016年《哀歌八章》，三个穿越时间隧道的代表作风格的峰期。这当中，诗作《江南》又算是赵野让口语和古语原活力并存的一种中后期风格过渡的分水岭。他在2012年以后的创作中，有意把古词的音、画、义三大特征和口语的音、义两大特征，有机地连接起来，不断在里面提取一种有再生产想象和理智功能的两栖语句。比如"云的无限是一道／深奥的数学题"，对云的隐喻，不是用平常想象仓库的储存品，而是用形而上的再生产的手，让想象在新的锻打中出现新的体貌。"就在我们的恒识中／常言道，此生虽空"这句，显现出本质性的思的孕育，带出一个预建性质的预建者本身。赵野2014到2016成组系的作品里，有意展示了语句波形交织的活的转腕技术，让它从存在的根基上，进入到我思、我在、我语的先行本质的直观中。比如，在《雁荡山忆胡兰成》这首诗中，赵野把口语和书面语之间的抗拒与和谐、昏暗与明亮，调和到了一种代神吐莲的初刹那的境地。不得不看到，他对口语掺杂古语的熔接规模，也做了很严密的限制，避免发展到无实体词和日常实体词之间，全面畸形的发展。比如，"激荡空无的远"句中，"激荡空无"这种无实体词句，没有一点缝隙地熔接了"远"这个日常实体的口语词，这种用无实体词熔接日常实体词语句的优点是，能够在一个词位单元的意义空间层次中，保证词义的过去、未来和现在的义位，以熔接的方式连在一起。赵野按照灵魂的真实高于一切的原理，他的诗中，无实体词的词位比例，总是大大超过日常实体词的词位比例，无实体词的抽象，间接地帮助了实体词的经验性。下面这段诗可以代表性地论证：

> 他梦到一种颜色，雨过天青
> 来世灼灼光芒，点燃龙涎香
> 芬郁满城，二十只瑞鹤降临
> 白云悠悠啊，我清瘦的笔触
> 似金箔，只描绘不朽的行迹
> 火光烛空明，夜，人不能寝
> 词与物合，桃花薄冰中绽开
> 又委顿于地，我要活出绝对
> 苍天可鉴，凤凰非梧桐不栖
> 一旦赢了美，江山何妨输尽

我从《冈仁波齐》《哀歌八章》《宋瓷颂》等新作品里往20世纪80年代作品追溯，赵野一直坚持，用很难在国内学院教学写作中获得的构句特质，来给自己的语体定下规范，这是他1980年代起，专门理解诗的一个很侧重的方面。这种构句法很难类同汉语文言和古白话来做出定论的鉴定，每个诗句，都在对文言词做出数量上渐变和质量上突变的重构，制造一种改变文言局部结构又不肢解内核的双向互补的新句型。比如，"白云悠悠啊，我清瘦的笔触"和"一旦赢了美，江山何妨输尽"，"一旦"二字，是从文言里演变出来的古白话，它既带文言的标记又带古白话的标记，显出了一种"说白"的自动流畅，它为"何妨"文言词的凝重做了圆润的缓解。可是，这一类句型必须要在有很大音韵空间的长句中，连起又分开，才能显出整个句段焕发出合众性的后续语感和语义，因为句中的每一个词都在均衡地支配着自持的母义。"赢"是一字多义的文言词，必须要经过句中适当的排位处理后，才能重新化用成一个单独词义的现代白话词。诗句"白云悠悠啊"用"悠悠"双音节语素的形容词重叠，来重新构词，它显著的优点是突出了口语依赖文言量词的语意，"悠悠"比"悠远"二字，更有心灵情愫衡量出的量感，更有移情的诗意。赵野在诗歌中改变语体规则的目的，是复活一些适当的文言来形成曲直兼备的词场，组成诗句那种画感增义的看和听的外观。另外，他吸纳和改组白话和口语的目的，是用白话和口语的一种音韵，组成诗中涌流的节奏。要做到这两样，首先是，要对古汉语名词和动词有敏感的经验联想和先验的预想力，比如"火光烛空明"句中名词的动词化用法。借这个基础，再适当复活一些极少能准确匹配的文言形容词，比如"灼灼光芒"。然后是，用诗意的灵光来重新映照白话口语，在平常白话的基本类型中，创造一些新白话和新口语句。比如"我要活出绝对"，"活出绝对"的"绝对"是古汉语副词句式，是从不可能预设、积累、预知的飞来之语中开启的。

赵野仅凭预见，偏爱一种前现实的词法幻身术，他想让沉睡在时间里面的语言像流水一样迎空漫游，切分着语感的吸气，默读的浊音。不消比较别人，赵野真的找到了，最适切汉语诗的看和听，又能综合呈现出画面感的语体，它让我们漫无目的的游灵充满倦意的自由，给我们疯狂的意志注入新的美感。

> 在静默中求声音，如在黑里
> 找寻白，泥土有自己的念想
> 混合着夜的褶皱，炼金士的
> 纤纤素手，梳理着白昼疯狂

向往赤子的清澈，诸象渐渐
消失，成为色与空的教科书
看，天理在滋，而尘欲高蹈
岩石的激情静水流深，其实
我们一生努力，不就是为了
极限处脱离形体，径入永恒

句子"岩石的激情静水流深"诗意临空地普照出"天理在滋，而尘欲高蹈"的诗眼，这告诉人们，思的事情是显现出预见，预见使没有的东西成为显化之物，"天理在滋，而尘欲高蹈"成为"岩石的激情静水流深"的显化之物。

从赵野1980年代《字的研究》、1990年代《时间•1990》、2000年代《中年写作》到2016年代《哀歌八章》，我能看到他总的形式在阶段性完成的整体定型中，蕴含着一条思考链的各个分形的轨迹，特别是减少古词义的退隐和取代——这样一种分形，它推动了赵野诗歌单单侧重一种词法写作的步伐，超过了语法写作的步伐。他在《冈仁波齐》《哀歌八章》《宋瓷颂》等新作品里，不光是排除了古词中阅音的散文音韵和幽水空山的词色，还排除了古词中过分缜密的使思欲痴的重词法。《宋瓷颂》诗中"万物一片圆融"的构词，如果赵野不用白话口语的数量词"一片"，从"万物"和"圆融"动－宾词位中，做一个现代读音习惯上的补位的缓解，诗句"万物一片圆融"就会变成"万物圆融"——那种赋格体裁源流的句子。比较地看，赵野对古词中某个韵位和音位限定的词格有两种方式，一种方式是，对词的构成密度，靠从天而降的灵感来完成。所以诗句"惊鸿暗度"的词组合，是对古词形容词使动用法的复活性改造或颠覆性地提取一种活力。另一种方式是，对词的生成和变换，靠生造词法来完成。"万法山林流云"句中的"流云"是沿用古诗句，再生造出"山林流云"新词合成词格的多词素义项。这样"山－林－流－云"语素成了四个单独构成词，提升了词法的诗意用法。一般来说，古词的复活新义主要是在比喻中用，但赵野突破禁区，在象征的手法中追求一种古词的偏僻新义。赵野另一个思考链的分形是，对诗歌口语局限性的反思。"自然即美，风啊"诗中口语感叹词"风啊"的义项中，是有思想脉络的幻想。"一旦赢了美"句中"赢了美"三字，体现了口语的变幻是奇特的。总的来评测，很难猜到赵野的诗是咋个造出词的。赵野为啥要在现代性中去找一种"终极之诗"呢？就是因为他懂得，心灵对自己的自语样式，就是终极的，它不需要外在的东西，从心灵的外面来做限制。把语言用得像心灵个性的自由一样，是诗人的天职。

2018 年 7 月 15-18 日

叶辉的诗

／ 叶辉

叶辉，1964 年生于江苏省高淳县，著有诗集《在糖果店》《对应》。

高速列车

也许是
十九世纪，冬夜的傍晚
乘坐火车去巴黎
裘皮大衣、帽子
小巧的拎包，车厢内
磨得发亮的木板墙
一张脸，从玻璃上返照
那消失的一切

如果我们离开地面
会获得快感

街道湿润
门铃。新近的传闻都在
证实世界的变化
化学品的香气弥漫在
桉树叶间

黑色灵车在天亮前
悄悄运走死者
死是一种羞辱，但有时
是一种卑谦，像旧照片里
窗口的一张张面孔
永远停留在
隐匿的轨道和田野中

只有一棵孤单的树
在自我制氧

锈蚀的铁轨和

煤烟，仍然要穿过
结合部。拐弯处的弧度
会给沉思带来愉悦
也许我们能及时醒来
并且小跑着下车，或者
继续沉睡，让列车
带着我们穿越薄暮，穿越

终点站。以及之后天生的荒芜
和真正的黑暗

闪电

掀开
又合上，里面一个
明亮的舞台
黑黝黝的山头
河流像从后座流来的
小便。终究
你不会见到
报幕员，世界还在
乱作一团的
后台做准备

兔子灯

厌世者
站在窗帘后面

眼窝深陷的
外地来的女人，在厨房擦拭
发亮的铜盆

很小的窗子
镂空帘后面是她女儿垂下的
一根长辫

这个下午
仿佛永远不会结束

然而，兔子灯
被点亮了。药水的气味
弥漫如奸情

三根红蜡烛
像三颗兔子的心跳动在
手中，在它们熄灭前

夜晚仅仅只是一片投在
玻璃上的树荫

远观

从远处，寺院的屋顶
仿佛浮现在古代的暮霭中，钟声似有似无

溪水，仍然有着
修行人清洌的气息

农舍稍稍大了点
土豆仍像尚未穿孔的念珠

这一切都没有改变

除了不久前，灌木丛中，一只鸟翅膀上的血
滴在树叶上

夜里，仓库中的狗对着自己的
回声吠叫。因为恐惧

一个婴儿死于出生，另一些人在灾难中
获救

大雾看起来像是革命的预言
涌入了城市，当它们散去后

没有独角兽和刀剑
只有真理被揭示后的虚空

候车室

凌晨时分，候车室
深邃的大厅像一种睡意

在我身边，很多人
突然起身离开，仿佛一群隐匿的
听到密令的圣徒

有人打电话，有人系鞋带
有人说再见（也许不再）

那些不允许带走的
物件和狗
被小四轮车无声推走

生活就是一个幻觉

一位年长的诗人告诉我
（他刚刚在瞌睡中醒来）

就如同你在雨水冰冷的站台上
手里拎着越来越重的
总感觉是别人的一个包裹

月亮

房子的阴影中
站着一个人，猫坐在门洞深处

苔藓、刺槐树
沉浸于古远的静谧

冬夜
中国庭院中，一座空空的凉亭
这些都仿佛获得了永恒

永恒，就是衰老
就是淬火后的，灰暗、冰冷

当夜晚的恐惧
变成了白日的羞愧

三个弱智儿童并排坐在窗下
仰起他们梦幻般的脸

仿佛三个天使
被囚禁在苍白、微弱的光里

萤火虫

在暗中的机舱内
我睁着眼，城市的灯火之间
湖水正一次次试探着堤岸

从居住的小岛上
他们抬起头，看着飞机闪烁的尾灯
没有抱怨，因为

每天、每个世纪
他们经受的离别，会像阵雨一样落下

有人打开顶灯，独自进食
一颗星突然有所觉悟，飞速跑向天际

这些都有所喻示。因此
萤火虫在四周飞舞，像他们播撒的
停留在空中的种子

萤火虫，总是这样忽明忽暗
正像我们活着
却用尽了照亮身后的智慧

一棵葡萄

在街上，一个美丽的妇人
向我抱怨她单调的梦，而我告诉她
应该在她常梦到的地方
植一株葡萄

我说：它将长势旺盛

抽出新芽
并且会很快攀上旁边一棵年老的榆树
要么，缠住一块石头
因此一切会有所不同

要知道，人在这世上
会有另一样东西和他承受
相同的命运

你信不信。你的乳房也将再次充盈
当它长出星小的果实时
但一只黑鸟会突如其来地啄食

简直如同闪电
一只黑鸟，来自百里之外一个男人的梦境
并且已被豢养了多年

我不能告诉你他是谁，住在何处
因为一旦说出来，某个院子里
疯长的荒草就会死去

谬误

蛇的谬误在于没有水它却在游动

蝙蝠的困境是总会面对
两个可供选择世界，因此它倒挂像一笔欠账

这期间，一只苹果在回旋中落地

在睡眠深处。梦魇和焦虑
有时也会成为一小段圆舞曲的旋律

这是为什么？含混的历史会像困倦
重重地压在眺望的眼睑上

而黎明时，那是谁还未死去
城镇如一堆尚未开启的箱柜在幽暗中浮现
身后。一片雾霭沉沉的国度

信徒

在郊外一座小寺庙里
并排放着刚运来的佛像
装着它们的木框
看上去犹如古代的囚笼

天下着雨，前来的信徒
一个个跪下，燃起焚香
一些在地上垫一块手帕
还有些跪在脱下的外套上

对此，一旁站着的住持认为
这些人是真正的信徒
因为他们懂得
怜惜自己的膝盖

在寺院另一面，有一块被隔离在外的池塘
杂草丛生，深蓝色的池水在寂静中反映着天空
雪青色的蚊蝇飞舞
一个墨绿色的青蛙和乌黑的蝌蚪
共处的天堂

幸福总是在傍晚到来

幸福总是在
傍晚到来，而阴影靠得太近

我记起一座小城
五月的气息突然充斥在人行道和
藤蔓低垂的拱门

在我的身体中
酿造一种致幻的蜜

脸从陌生街道的
深处——浮出，一如询问：你为何
站在这里？我不记得

我只知道
那无数丢失的白天、窗口突然关闭
名字在末尾淡去
如同烟雾

我走在街上，一滴雨水
落在额上，这又喻示着什么
觉醒可能要等到夜晚

也许，不会太晚
一座寺院
终于在默祷中拥有了寂静

在它的外面
几只羊正在吃草，缓慢地
如同黑暗吃掉光线

划船

　　当我捡起东西时
　　我看到桌子下面父亲临终的样子
　　或者向一边侧过身
　　看到他的脸，在暗处，在阴影中
　　这阴影是时刻转变
　　带来的灰烬。因此，我必须有一个合适的姿势
　　才能静观眼前，犹如在湖上
　　划船，双臂摆动，配合波浪驶向遗忘
　　此时夕阳的光像白色的羽毛
　　慢慢沉入水中，我们又从那里返回
　　划到不断到来的记忆里
　　波浪，展现了它的阴阳两面

古代乡村疑案

　　题记：开始并没意识到自己会写下这么多关于古代的事情，所谓疑案也只是我对以往生活的一些想法，然而诗的奇妙之处就在这里，它会一直纠缠着我往下写，以往脑子里留下的一些题材、一些阅读会时常地出现在形象中。

　　更多时候我是在想象那些生活，我想探究它们的形成，尽管这并不是我所能胜任的事情，而事实是关于南方生活的由来并不是历史书能给出的，有时，它就在我们附近，就在日常生活中不时地流露出来。当我走在旧城中，看到古老的石凳上放着一只旅行箱，或者在泥土里嵌着一小块瓷片（有些可能是珍贵的），细想后你会觉得惊讶，以往的一切时时会浮现出来，在地下。而在意识深处，在我们的举止里，或许会残留着并未在理清的事实，但时间过去了，朝代更替，我们内心深处的那个"自己"，融入到迁徙的人群里。

　　在已经完成的18首诗中，我无意做出是非判断，任何人也不能，它的存在便是它的一切。它的喜悦、禁忌、庸常、卑微都是至高、生存

的胜利。

2018 年 3 月

驿站

一行人
住宿在荒僻的驿站
在靠近更古老
战场的地方，已经很晚了
驿丞醉卧在以前的马棚
窗子被木板封住
风在外面，仿佛巡逻兵
检查每个空穴
有人在烛光下，发现自己拿着
一张百年前的地图
没有名字的城池，早已
消失的村庄
以及一条很宽的通向
山中的路，此时这条路
就在房子外面
如一条白练，缠绕着马厩里
那些挪腾不停的马蹄

儿童

儿童不相信
蚂蚱、青蛙和蛇有生命
因为他们通神

神只相信灵魂

在村口，一群儿童

坐在土墙边，睁大眼睛，他们看到

老族长走来，其实他正走在
一根纤细的
棉纱一般的线上

身后的池塘中
一条乌鱼浮出草丛

县令

没有官道
因此逃亡的路像噩运的
掌纹一样散开，连接着村落
在那里
雇工卷着席被，富农只戴着一顶帽子
私奔的女人混迹在
迁徙的人群里

道路太多了，悍匪们不知
伏击在何处
但县城空虚，小巷里
时有莫名的叹息，布谷鸟
千年不变地藏于宽叶后面
无事发生
静如花园的凉亭，案几上
旧词夹杂在新赋中

最后一个书吏
裹挟着重要，可能并不重要的文书
逃离。也许只是一束光
或者几只飞雁

带着并不确切的可怕消息
但无事发生
火星安静，闲神在它永恒的沉睡中

县令死去，吊在郊外
破败寺庙的一根梁上，在他旁边
蜘蛛不知去向
县内，像一张灰暗下来的蛛网
一滴露珠悬挂其上
如圆月。而记忆
则隐伏于我们长久的遗忘中

流星事件

没有秘密的人
会受到最严厉的审讯

靠近他，排列着
所知甚少的白痴、失忆者，丧偶的人

几棵不育的石榴夹杂其中
老人、白头翁、杨树瑟瑟发抖的鞭子

我靠后。我有一些小罪，包括一些
寺院外听到的东西

三个鸡奸犯，站在我后面
他们是审判官的妹夫和堂亲

聪明的群山沉默着
流星，又一次落到了邻村

青蛙

很难有人
能在剪断的藤蔓里
找到线索

或者在白天
辨认女巫的院子
是否亮着灯笼

探子，骑马来了
他马上会想起一件事

是重要的，也许是
无关紧要的。但那件事

在记忆里就像整夜沿着井壁
爬上又滑落下去的青蛙

故而，所有的人都等着
青蛙爬上井台

木偶逃脱

银针
放在井台上

大黄狗为何整晚对着月亮狂吠
黑狗沉默

西边院墙下，两只葫芦
悬而未决

绣楼

朱安澜一直在村上
但失踪了

李氏看到过他
那时她喂猪。牛大未及说话
姨夫死了

李老头耳聋

还有其他人。但白天
事情太多。有人要剪掉丝瓜藤
要清理瘪稻种
要对付坏天气

半个时辰前，他像一道云翳
在学堂门口掠过

这时从另一边跑来
气喘吁吁的东头大傻

他说见到了朱安涛
（即朱安澜的弟弟）

这时，天快要暗下来了
暮色中，雀斑脸和鹰钩鼻
商量着想飞上
村上唯一的高处：绣楼

但小姐正在那里读书
她偶尔从窗口看

风景

看到了朱安澜

正缓慢地走向祠堂后面
一条巷陌的雾霭中
然后，像历史中的人物那样
消失

鳗

如同璞玉
在草丛和水中，她远远地
刺眼的白光，没有
在浸泡中消损，围观的人数不多
很快，我吩咐属下用芦席
挡住那些欲望的视线
她存在的不安在接下来的几天中
超过了盗匪的消息和银库空缺
夜晚，在油灯下
我细辨她大腿上青色的筋络
弹压丰润的双乳
她面容安静，五官平凡
她的身体平时一定是包裹在粗布衣衫里
无人窥见，像这城里街市上
走过的其他女人，尘埃满面
却揣着一盏从内里照亮的灯笼
活在灰暗的房子里。我嘱咐
亲信看守，他们都是诚实的
想被提携的人。此时
街上的脚力和凡夫们正在
小心议论，青楼的娼妓肆意编造

她们平时裸露的脊背，早已晒成焦黑
书房中，我给州府老师写信
尽管年事稍大，但他有不俗的嗜好
夜已深，月依然
消息在夜里传得更远，更多人会
蜂拥而至，商贾、诗人
方士们，还有拿着木鱼的和尚
他们如嗜血之蝇。我交代捕头在府外
视察，并翻阅陈年的布告
希望用她浑圆的身体做钓饵
我关上门，不听信书吏们的诡言
她既非祭品，也非祸患。
关于死亡，我自有判断
乌鸦在乱飞，仵作在门外打转
我决定任其腐朽，我要看着
窗口狼眼似的眼光渐渐暗淡
任奸情的状纸堆积成山
而人世的美竟然是如此深奥莫测

先生

踩到霜
河水已经结冰，鱼游动在
镜子里，水草仿佛
在记忆中摇曳。他不再阅读
三月他将去游泳
六月去净行寺参禅，十月种花
绣球和棘条。平日
在房子里像陶渊明，弹一张破琴
天太冷，黄雀
呆立枝头，它们失去了音韵
不能凑成一阕小令。只有泥炉里的热茶

如同呼吸，炭火
代替岁月
此刻，曾经的绵绵细雨
变成一排排冰凌
对着大地深处发出恐吓
也许黑狗已经闻到
傍晚空气中的怜悯，或者
是凌晨，灰暗好似永无尽头
那时，有人来敲门，明天会有雪
而采摘梅花的女子
将从枝头跌落

新朝

岁末，天寒
朝代更换，雪压弯了松枝
一个月前，新帝登基
肥羊、醇酒，成群嫔妃走在地毯上

在这里，我们仍然用着旧币
有人在灯下写匿名信，制造谣言
街市上出售前朝的官服

傍晚来了一群皮肤白净的外地人
他们沉重的马车
悄然驰入街巷深处的院落

没有异象，只有几条狗在夜色中
搏命，因为交媾

少爷的马停在门口
他嘴唇颤抖，一个将要远赴京城的少年

血管里一连串灯花爆裂

而我们继续过着日子
相忖着赦免，编织着草席
或许也有恩赐

一行字

大部分人的历史只配
用粗纸记录，书写只会秘密进行
他们让别人查看身份文书时
只能仰起迷惘的脸，备忘录
变成某种鸟的图案，死者找不到
自己的墓碑，但能
看清星象。贴出布告时
有几个人可以大声朗读，还包括
一位意外新故者，此人，
在封闭已久的阁楼里
看到香案的灰尘上写着一行字
没人知道写的是什么
因为他一伸手，将它们抹去了

墓地

从村上看
墓地，安静灰暗
像前朝

只有刺莓艳丽
仿佛死去的嫔妃

旋风裹着黄叶

一段崩塌的
岁月，在楝树下

有越来越
深沉的恐惧，史官
虚弱，半躺着

一只乌鸦
停在枝头，它不知道
即使终其一生
棺木也不会打开，

命运
不会被揭示

而夜里
白色蔷薇依然开放
被一束冷淡的光
永远照亮

房子

1
房子不能建立在
蛇蝎之地。狗不能与人食

要警惕门楣
不要轻易踏入倒屋，尽管
倾塌自有其命运

2
在三角形的院落

有时你能看到令人窒息身影

但如果桃花
不在其位开放，灾难就会如同
一颗流星

3
可以在西墙上撒尿
决不能在灶膛边做爱

倘若乞丐
在土地庙里动土，秀才就会
失足于沟渠

4
井水不能清洗屋面
房子与房子间隔着一道永恒的深渊

在夜里，它们高大冷酷
仿佛穿着黑袍的圣徒，肃默排列着
等待什么东西的召唤

女巫

在桥上
村上的一个女巫
告诉我

你什么也
看不清，因为你们的眼里
有世世代代的迷雾

穿墙人

穿墙而过的人
在墙的一边留下一双鞋子

从另一边出来
眉毛
变成一撮灰烬，只是一瞬间

他告诉我们
穿行在墙内苦闷，里面
一个壳，如同蝉衣

那是整个被遗弃的世界
城镇虚无，树木在绝望时
变成石柱

此刻，就在他身后
没有时日漫长的年代，后背的风
吹鼓起皮肤如衬衫

偷伐指南

时间：雷雨夜
工具：斧头（如果用锯
身体要像野合）
用力不能过猛
要是在白天可以模仿啄木鸟（如果当地
有这种鸟）
然后，砍去枝条藏好
沉在池塘里（如同
沉一个人）。在惊蛰时分

扛回家

不能找人帮忙（记住了

在路上如果遇到乞丐

给他一个铜板，没有就算了）

偷来的木头，隔年使用

不能做房屋正梁

不能打锅盖。若是做婚床

终身无后。（木屑

禁止烧饭，只能埋到土里）

并在那里种一棵

小树，最好是杉木，一棵完完全全

属于你的杉木

（你看我的后院

绿树成林，夏蝉鸣叫）

彗星

几乎是绝望地

看着光撤离，并且知道

它再也不会出现

村庄模糊，地面灰暗成

一个阴冷的星球

不知是谁，最后一刻

将明矾撒进水里，没有来得及

看清那张脸

只有头巾和

蓝色的流苏。随时会被

夜晚的闪电照亮

还有，水缸边的一个侧影

火

火是唯一
我们可以凭空唤来的事物
有如灵魂

它燃烧
只有星星依然
是寒冷的

一种远古的寒冷
在余烬和孤独者的
双唇上

我们没有说话
火让我们发愣并且卑微
它是唯一的
只要我们毛发尚存

"虚无也可以永恒"[1]

——叶辉诗歌的"隐秘"与"意外"

/ 连晗生

在当代中文语境中，叶辉诗歌才能的完整呈现始于他的首本诗集《在糖果店》（1999 年）。而我对叶辉的关注也始于它。那是一本薄薄的、貌不惊人的诗集，封面的白底上配着一幅随兴的涂鸦画，其外观和体量让它轻盈得像一片随时可飘走的羽毛。随着阅读的深入，我的感受从原来的不经意，渐渐由一种莫名的情绪占据，以致一段时间内，我难以挣脱它奇妙的氛围——这是一种冷静克制的语调，平淡简约的叙述，描画江南某个小镇日常的生活、诸多的人物与风景，以展现作者所见的"真实"：

> 在乡村，我们开始谈论命运
> 我们在一张屠桌上
> 铺上白桌布，它就变成一张会议桌
> 那样我们可以安心地
> 把两只手放上去
> ——《在乡村》

这里寥寥的几句，呈现叶辉诗中常见的叙述方式（以物品功能的转换表达人世无常的主题）以及内在的锋芒——手"安心"的动作仍蕴含着被砍斫的危险，也折射了《在糖果店》整本诗集的一种"两头的努力"（《对应》）的特征——一方面，疏朗的诗行宛如树枝随意地伸开诗的空间，一方面，一种执拗的力量，带着某种"恨意/狠意"如根须般深入诗中的母题，从而让它与当代其他汉语诗

---

[1] 出自叶辉诗作《空神》。

歌区分开来：

> 树木摇曳的姿态令人想起
> 一种缓慢的人生。有时我想甚至
> 坐着的石阶也在不断消失
> 而重又出现在别处
> —— 《树木摇曳的姿态》

　　总体看来，《在糖果店》并没有复杂的结构和晦涩的隐喻，而是让诗行在线性的运动中，通过简约的点染和喻示，让他迷恋的诸多人、物、事件和风景一一显形在他的诗中，比如墙中露出的砖雕、疯长的草、飞鸟、种种痕迹、月亮、普通的庸常及匿名人物和"知识分子"、生动的人生场景和独特的风景特征，以及根深蒂固的习俗和忌讳，从而揭示人世和自然的"隐秘"和"意外"。

　　轻盈中蕴含沉重，散淡中暗藏紧张，正是《在糖果店》成熟的个人化修辞和诗人稳定的心智，成功地锻造了这本诗集内在的品质，形成了诸多诗篇多样"摇曳的姿态"——而这有《小镇的考古学家》的隐秘、《一个年轻木匠的故事》的民间智慧（带着某种弗罗斯特气息）、《窥视》的戏剧场面、《叙事》人物白描的生动、《外交》的微妙讽喻（读起来有点像《格列弗游记》）……很显然，如果今天人们把《在糖果店》的出现看作中国当代诗歌重要的一页，把它表现的世界视为一个类似"约克纳帕塔法县"的营造，那无疑是这种对地方性风物的完善形绘和主题的有效探究，无疑是诸多诗篇中的过人技艺和诗篇间的应和与互补，无疑是那些独特而锐利的关于乡镇经验的诗句：

> ……而今夜我站在
> 亮着一盏灯的邮电所旁边，像是来到一道符咒的边缘
> 一股风吹来阵阵焚香的气息，我听到
> 铁链在地下的声音，纠缠，伸展。仿佛
> 有什么东西就要从眼前缓缓升起
> —— 《湖泊地带》

　　《在糖果店》中萦绕不去的地方气息及其独有的魅力，在叶辉接受的一次访谈中得到揭示，"那些气息仿佛经年不散，在不见阳光的后院里，在荒废的院子里，一个个石雕的小头像"，在这次访谈中，叶辉说到他身处其中的"县城"："县城更像它边缘上的一间房子，在朝北的窗口你看到了田地和不远处的村庄，南面对着一条模拟城市的街道，它就是这么个狭窄地带……"，而他以"日常的手边的事物来唤呼'神灵'"："每碰动一个类似的词，就会出现一些幻象，那是一个冥想的世界。"[1]

　　"越少的谈论，越利于我的写作。"[2] 由于对"谈论"的保留，与木朵的这次访谈成为了解这位隐士般的诗人诗歌的一份不可或缺的资料。正是从这次访谈中，我们可以了解他所处的江南地带的生活经验、习俗和观念以及他本人的直觉对诗歌的重要性，了解到一个呼唤"神灵"的诗人"巫师"的现实存在方式。同时，从他似乎随意提及的诗人阿米亥，也可以感觉到像一般的中国当代诗人一样，他的诗歌的形成也受惠于某些特定的外国诗人：不仅仅是那些诗人身上的技艺，而且是他们背后的文化观念，他们看待世界的角度和方法……对于与那些前行者的隐秘关系，在与笔者的一次通信中，叶辉也有更详尽的透露："起初有了法国象征主义诗歌，我没有受到朦胧诗的影响。有了艾略特，我懂得了形象的重要性，有了布罗茨基我学会了诗歌不能过于世俗化，有了希尼我开始探索隐秘，有了东欧诗歌我看到了日常生活的意外，有了赫伯特、阿米亥我明白了趣味的力量……"

　　"你如何解释 / 那只曾向你道了永别的手 / 如今在某个院子里，正握着 / 发烫的长柄锅"（《关于人的常识》）——在《在糖果店》以后的诗中，叶辉关于生命无常的主题和冷酷幻象得到一次次的再现和重写，对事物之间的"亲缘"和相互对应的探究，对时间、衰老、爱和无常的母题的追寻，体现在一次慢跑、一次睡眠、一次征兆、一次远眺的解读中。在这些诗中，有时他如"祈雨的巫师"般的确信，"人失去一种爱情，就会梦见一个抽屉"（《信》）；有时不由自主地遁入不可知的迷雾，"一张纸上写着一些神秘的数字 / 我已弄不清它是什么意思"（《活页》）；有时感受到永恒的冰冷，"永恒，就是衰老 / 就是淬火后的，灰暗、冰冷"（《月亮》）；有时却秉持一种不驯的孤绝：

---

[1]　以上引用参见《叶辉访谈：我宁愿是个巫师》。

[2]　同上。

　　户外的月亮下，一些胡乱堆放的石头
　　它们既非废墟，也非建筑
　　它们只是一些态度
　　——《态度》

与此同时诗的技艺也在许多诗中得到进一步的发展：

　　我和女儿走在路上
　　她告诉我，有一道题目的答案
　　是五点三个人
　　但她告诉我，没见过有零头的人

　　她指着路边的乞丐问：
　　是他吗，还是那个在轮椅上
　　晒太阳的老爷爷
　　——《考试》

　　《考试》这首诗的独特之处，在于它有原创性同时又有冷酷无情的对人世的洞察——乞丐和轮椅上的老爷爷，被看作"有零头的人"；与此同时，具有沉痛意味的还有"我曾爱过的美丽女人"——甚至也被归为"有零头的人"。而就像《考试》一样，诗集《对应》中的其他诗也以不同角度和方式呈现他进入"空无"的能力，或者在于戏剧性的对话，如《远眺》在反复远眺的分辨中，结果却是远处"什么也没有"；或者寄寓于词语隐藏的力量，如"这个木桩 / 发黑，滚烫 / 占满了最后一锤子的力 / 又如一次未完成的性交"（《写作》）；或者诉诸奔涌的激情："而在这一切的后面，高过群山之上 / 云团飞舞，急速奔涌 / 又如多少年来飞逝而去的灵魂"（《面孔》）。

　　自诗集《在糖果店》开始，熟悉叶辉诗歌的读者可以感觉到：在这位诗人的诗中有时浓得化不开的灰郁情调——"拯救"这个词从未出现（且不论"逍遥"），而对一种"慢慢到来的恐惧"（《树木摇曳的姿态》）的感知，对人世无情的审视所带来的灰郁笼罩在他的大部分作品中。并且，似乎自诗集《对应》以来，这种忧郁有增无减，以致不时进入虚无的晦暗地带，在《陌生的小镇》中"枯树枝／已指明所有方向"，在《山谷》中画家旁边的男人说"天梯"已"被锯掉"。正因为负性的阴影一点点蚕食着明亮，他感受更多的是"迅速暗下来的天"（《远眺》），他听到的是山谷里人的哭声（《亲缘》），他洞察到的是少女美丽的脸正向其祖母衰老的脸飞速迁变，甚至，在一首诗中，他把日子看作睡眠后一天的复活（《睡眠》）。这一切，无疑让人想到无情说出"除了日子，我们能生活在何处"的拉金，也让人想到另一位擅写地方性题材的诗人弗罗斯特（即兰道尔·贾雷尔所言的"另一个弗罗斯特"）那些"更明达，更淡漠无情""更怪诞、精妙、保持着无情的清醒""更酷肖实情"[1]的作品。

叶辉最好的一些诗，可能会让人想起贾雷尔对"另一个弗罗斯特"的评论："它们表达了一种态度，就其极端而言，这种态度使得悲观主义好像成了一种颇有盼头的逃路了……"[2]也许，在如实呈现和不作勉为其难的鼓舞方面，叶辉会像海伦·文德勒一样，在希尼发表《欢乐或黑夜：W.B.叶芝和菲利浦·拉金诗歌的最终之物》一文之后为拉金辩护："无可救治的事情也需要得到承认。诗歌中无可救治的事情也无须被装上积极的或鼓舞人心的螺旋。"[3]

实际上，对无常人世的如实表达的同时，叶辉也并非如希尼批评拉金那样，绝望得不做一点抗争，且不论《画家》中与四周景色的搏斗的画家形象无疑有着这位诗人的影子，在《写作》中他提到"在丑陋的女人身体内／点一盏灯笼"，在《空神》中他对"什么也不信"的乌鸦发出一种恫吓，而在许多诗中呈现的孤绝（就像《在糖果店》那首诗激越的结尾，像《态度》对蛮荒石头的表达），都可以视为某种程度的抗争。此外，面对人世难以承受的沉重，叶辉也有其他的许多方式来减缓它，这其中，有时是一种举重若轻的轻盈（如《新起源》），有时是以一种民间智慧的明达（如《一个年轻木匠的故事》），有时是故作轻松地想同等地看待生命的欢笑和不幸的态度（《天气》），有时是从他和亲人的相处中透出的些许亮色（《慢跑》），有时是静谧风景中的希望（《在寺院》）。而在一些时候，在他撒出和

---

[1]　兰道尔·贾雷尔著，周伟驰译：《另一个弗罗斯特》，载于凌越、廖伟棠主编《新诗人》第4期。

[2]　同上。

[3]　海伦·文德勒著，黄灿然译：《在见证的迫切性与愉悦的迫切性之间徘徊》，载于《世界文学》1996年第2期。

收回"痛苦的空网"（《态度》）时，在他对"阴影"和"不祥"审察时，他也寻找着人世的"幸福"：

> 幸福总是在
> 傍晚到来，而阴影靠得太近
>
> 我记起一座小城
> 五月的气息突然充斥在人行道和
> 藤蔓低垂的拱门
>
> 在我的身体中
> 酿造一种致幻的蜜
> ——《幸福总是在傍晚到来》

　　从景物中获得的瞬间的顿悟和宁静（狂喜）对于每一个诗人来说，都是"一种致幻的蜜"，正因此，有时叶辉似乎为自己找到一个近于佛教的解脱方案——"觉醒"："我走上街上，一滴雨水／滴落在额上，这喻示着什么／觉醒可能要等到夜晚"（《幸福总是在傍晚到来》）。因此，或许在某种意义上可以说，在叶辉寻找事物的关联、探究事物的隐秘和意外时，在他不知身在何处和迷茫之时，都是为了一个"觉醒"时刻的到来。

　　自诗集《在糖果店》以来，叶辉的诗歌写作在当代中国诗歌语境中已形成它自身独特的风貌，他所塑造的形象已渐渐成为一种持久的存在：日常的用品（如会议桌、老式电话等）、器皿（如铜器）、刺莓、裤管上的苍耳、扁豆的气味、蟋蟀和蜘蛛、儿子和父亲、祖母和孙女、梦与醒、树林、寺院、镜子和阴影、眼前之物和"在一切之上"，诸多事物通过散淡的语调无不在显示他对事物隐秘联系的认识，无不在深化他关于无情人世的恒定主题。他独特的话语形式（"到丰腴的油脂中去生活"），在诸多诗中以许多出其不意之笔（《信》："还有我们认识的那对孪生兄弟／在他们为敌之前的之前／小眼睛、小鼻子曾长久地挤在／一个狭窄的空间里"），不断显示他难以忘怀的想象力和随物塑形的力量（《在寺院》："阳光射进大殿／使尘埃瞬间凝成巨大的柱梁"），而新的诗歌空间的开拓也显示他不断地寻找新的突破，这包括那些诗，如《参观》（对压迫和奴役有着克制的表现）、《太空行走》（从地方一隅跃向太空，从而获得开阔的视界）、《蚕丝》（简捷地进入中国现代史）、《高速列车》（对时尚之城巴黎的触及似乎想突破某种"约克纳帕塔法县"模式），也包括他正在写的组诗《古代乡村疑案》。

《古代乡村疑案》是一组让人期待的作品，目前完成了一部分，从叶辉自己对于它的说明可看到他的看重。而从已完成的诗作来看，一个独立完整的世界正在逐步形成——这其中，有形形色色的人物，包括县令、驿丞、先生等有某种身份的人，包括朱安澜、李氏、李老头等有姓氏的人，也包括一行人、失踪的人、偷伐者等一系列匿名者。在这组诗中，叶辉采用了他一贯以来的叙事和白描手法，兼以隐喻和影射，或聚焦于事件（如《绣楼》和《鳗》），或着眼于人物（如《县令》《先生》和《女巫》），或者作局部的刻画（如《儿童》），或作全景的扫视（如《新朝》），从而展现一系列"古代乡村"的画面：

> 一行人
> 住宿在荒僻的驿站
> 在靠近更古老
> 战场的地方，已经很晚了
> 驿丞醉卧在以前的马棚
> 窗子被木板封住
> ——《驿站》

这是一组事件和形象并重的诗，案件的"悬疑"和人物的命运诱惑着读者：在这个世界中，儿童玩弄着蚂蚱、青蛙和蛇，逃亡的路像噩运的掌纹散开，审案人注视着鳗一般的裸体女尸，狗对月而吠，全村人关注着一个村民的失踪，偷伐者给出偷伐指南，穿墙人有着神秘的墙内体验，朝代更换带来新的面貌……不同于朱朱同样抒写"古代"的组诗《清河县》那样倚赖戏剧性独白和蒙太奇画面的强烈集中，叶辉这组诗尽显随意松散之趣，在显示言事构境的魅力时，形象的生动也呈现这位诗人的诗固有的生趣，对诸多"隐秘"和"意外"的探究也导向对命运的关注和表达：

　　而我们继续过着日子

　　相忖着赦免，编织着草席

　　或许也有恩赐

　　——《新朝》

　　"你什么也 / 看不清，因为你们的眼里 / 有世世代代的迷雾"（《女巫》）——
这组诗也有着以往他的诗中的"迷雾"，有着诸多精神涣散的时刻，头顶的阴影
也在积聚着。在这个"无事发生"的世界中，静谧时时酝酿着骚乱——或许如在
叶辉对这组诗的说明所言，这种书写比历史书更可能触及"真实"，而这，也是
诗作为一种神秘的招魂术的力量所在。

《翠～俯冲》 王洪云 80cm×100cm 布面油画 2014 年

《城市边缘》
王洪云
270cm×150cm
布面油画
2015 年

梁小斌的诗

/ 梁小斌

列夫 · 托尔斯泰

在晚年，他希望做一个缝鞋匠，
进入——针线的缝合之中。

因此，在我幼稚的脑海里，
我曾认为街角的任何一位鞋匠，
都曾经躲在家里，写过厚的书。
现在我想，人不能
到晚年才想到做鞋匠。
这时他已年老眼花，缝不了几针了。

原来，托尔斯泰只是接近了常识，
接近一个朴素的思想，
他是为一个境界而不停地缝合。
作家最终的结论，或者身体力行
在做一桩谋生的事，

如同峰顶的火焰那样，在那里
诗意般地燃烧。托尔斯泰也在燃烧，
在那个缝鞋匠的内心，
在淡泊和默默无闻的缝合中。

在围墙上

最幸福莫过于：
你深夜下班回家，校园铁门已关了。
你好不容易爬上了围墙，
但你并不急着跳下去。
你要在围墙的玻璃尖刺上蹲一会儿，
休息一下，想一想问题。

逗留

我从房檐下穿过，
冲进这扇门，我疾走冲刺，
我想躲过那一串雨滴，但
就像在迎接这串雨水那样。
我站在房檐下的瞬间，
那一串雨水正好滴进我的脖子。
竭尽全力的躲避成为竭尽全力的迎接。

和谐

曾经，我总是唠叨：
我要一间真正属于自己的，
并且不漏雨的小屋子。
一个诗友轻轻地问：你现在
不是已经有房子住了吗？
他们讨厌我有这些世俗的念头。

我察觉这询问中有深切的含义。或者是
他们盼望我永远是个住在漏雨屋子里，不知世俗
是何种滋味的诗人，他们希望
能永远欣赏一个诗人的一切虚幻举动。
诗人的房子漏雨，在他们看来很美，
很和谐，而且是必需的。诗人
必须有一个接雨水的小桶，
永远放在他的桌子旁边。的确，
这构成了真正诗人的内在和谐，像一件道具
不可缺少。因此，我是孤独的。

优雅

质朴的人，也有着他们的优雅生活。
收割时弯腰与伸展的自如，
不紧不慢地挖土，把钉子巧妙地钉到
窗户的横木上，用粗糙的手抚摸一下。

只要这个人拥有娴熟
对娴熟的人来说，一切都没有阻塞，
这是一个流畅的人生，
或者说，它散发着浓郁的生活气息。

一个人在黑暗中摸索，只要他的摸索
准确，他就无所谓黑暗与否。
人对他所面临的命运，已经完全想通了。
优雅里暗示着结论的安详。

修理风筝的人

你能让我拉一拉你的风筝线吗?

下一步，在满天都是风筝的时刻，
在标志着全班同学都已经进入春天的
时刻，我蹲在支离破碎的风筝骨架旁边
修理风筝。我长时间地蹲在
修理风筝的时光里，
比同学们放飞风筝所花的时间更为久长。
我发现了一个简单的道理，
我不能在风筝还没有修好时
就站起来走开。
我丢弃风筝就走，
那无限绵长的风筝线，
会让我走得拖泥带水，
很像一个冷峻的人
不打招呼就离开奄奄一息的病人，我做不到。
我的出路，就是只好蹲在那里，
但要让折断的骨架重新愈合，
这也如同我的梦，这纤细的竹签
难道还能长出嫩芽吗?

重新羞涩

到一个新鲜的地方去
重新羞涩
这是老地方
会见时的表情已经陈旧

朝向风和灰尘
我的面颊果汁很浓
翻转过去
苹果的背面却半生不熟

我只能长老

却永远无法长熟
就像冻疮刚好
手背上又滋生痱子一片
变换季节
我一点也不老练

但我一定要表现一种伟大的羞涩感觉
你能猜出它在什么与什么之间

一根烧焦的木桩上落着白雪

一根烧焦的木桩上落着白雪
白雪，将我去年留在它背上的指痕
勾画出来
我想问这使我细细凝望的颗粒
究竟是什么
这时风将一张别有树条的叶子吹到
栅栏上要我签名
这报春的通知书上没有提到木桩上的事情
那不是雪
我们全看错了
现在已经过了欣赏昔日落雪的时候
远方有春天
将伴随钟声而来
当我把那张报春的通知挂到另一户人家
的栅栏上再走回庭院
被钟声震落在地的正是木桩上的
颗颗白雪
直到被脚步踏黑

小雨夹雪是一首颂歌

小雨夹雪是一首颂歌
以后写到雪时
必须雨雪交加
雨雪交加
我想雪碰到了温暖的雨
雪就会融化
您瞧那一阵细雨扑进我的衣领
轻盈而出
细雨又成为自由膨胀的硕大雪花
我肯定不是由温暖所构成
我伸出手臂挽留雪花
小雨夹雪是一首团团旋转的颂歌
旋风迷失了方向
一个在风雪中拎着眼镜走回家的人
隐约看见
在我周围
雪花正纷纷扬扬

一种力量

打家具的人
隔着窗户扔给我一句话
请把斧头拿过来吧

刚才我还躺在沙发上纹丝不动
我的身躯只是诗歌一行
木匠师傅给了我一个明确的
意向
令我改变姿态的那么
一种力量

我应该握住铁

斧柄朝上

像递礼品一样

把斧头递给他

那锋利的斧锋向我扫了一眼

木匠师傅慌忙用手

挡住它细细的光芒

我听到背后传来劈木头

的声音

木头像诗歌

顷刻间被劈成

两行

两种温暖

树根已经被劈成柴火就不能再劈了

劈树根的人先是蹲在树桩上琢磨

我不用火，这树根能否给我第一次的温暖

于是，他开始挥动斧头

树根的浆液却像火星一般溅到他身上

在他的棉袄上燃着

他只得脱去棉袄

而那正趴在地上睡着的长长根须

被斧头惊动后一跃而起

掠过滚动汗珠的白色脊背

他毫不退缩

伸展肢体

把这树根深藏着的温暖源泉全部汲取干净

柴火，就是树根暖意散尽后的残渣

面对着残渣

把这不能再劈的树根送给有壁炉的人家

壁炉里的火

像是被谁修剪过的红绸在悠扬地飘动
令壁炉外的人朝火走去
迎向红绸拂送出来的第二次温暖
他昏昏欲睡
握在手上的书烤热后掉到了地板上
如同沉重的红薯
主人惊醒后在问
这是什么火
一定已被谁嚼过了
这抽走了叶脉的红枫

哎哟

洗脚女人的方向传来一声"哎哟"
她的脚在木桶里发愣很久
将我照耀
我也呆如板凳
晒台上正在啄食的麻雀寻找声音源头
我甩开书,伸长了脖子回到"哎哟"
不许乱猜
还不赶快把这"哎哟"般的红肿抱在怀里
但我抚摸,用男人柔软的人皮

报以冷气
"好舒服啊"
她指向洗脚残影
我注意听着
哎哟的蝴蝶已经被贴到那个洗脚的木桶上
我的玛利亚,你若为王,我将昭示
哎哟和洗脚就是压在幸福头上的两条红杠
其他说法都不是

麻雀听到后飞走了，我触摸水
我在篡改前夕
木桶里的水烫得她的脚好疼

诗言笨

那只脚探上墙头
前面雪地就是我家的灯了
我保存着昔日翻墙的一溜烟身姿
墙上黑影把我席卷
雪夜回家
那个黑影却说：我已经驮不动你，你自己爬吧
脚探上了墙头，鞋面亮了
手抓砖面令碎屑散落
翻墙生烟，敏捷恍如贼的翻墙岁月

散尽光了，手没着落
我摸摸脸颊
不是为了揩汗
我恨脸上眼镜像爬虫一样却装着不在爬
我也吁请能得到一种向上爬的力量
力量在哪
我曾经蹲在自家屋顶
观看从罐里跑出来的盐
力量是咸，只准用嘴去舔
筷子也被折成两段
咽到肚子里红色的酱
吐到袖口直至发黑
我的掌握
至今尚未晒出咸的光芒
从此成为端详着咸味就能吃饭的诗人
劲道终于不在手上

飘

是谁大笔一挥
秋天到了，树干上有一只枯叶准备
在飘
向枯叶靠拢
全神贯注学习秋天的面貌
我穿秋装，令其额头痱子限期滚蛋
我用上了粉
隐瞒我是夏天过来人
包括剽窃朝日
多少年前我伏在田埂吸进一口，至今尚未舍得吐出
剔除嘴角青草
坐在树干上
像板结的围巾于脖颈处多绕了几圈
我要向枯叶学习
不湛蓝至无的床单上下翻身
枯叶咯咯笑着在飘
从树干上往下跳，碰落几枚刺果
你们先落地
我飘荡一会
落地声响
引发木屐少女争着在踩那几枚刺果
我能进入秋天吗
我应该站在这片枯叶脱落之处
那个比肚脐还要小的地方
往下跳
要站准了，我就会飘

园丁叙事诗

一条绿色矮墙将工厂生活区紧紧环绕

环绕着先后被主妇收走的床单，晚餐前夕的
生活区气息
在球形松柏旁边 , 那个正在捆绑扫帚的人
形象很忠诚
应当从远处看

现在一切有关园丁的形象他都懂了
他穿着宽松的衣服
与青草的颜色搭配在一块成为生活区一景，他躬下身
向着滚到冬青墙下的那只足球
和爬满了栅栏的孩子
在递还足球之前，他笑眯眯地要孩子们念牌子上的字
他剪下多余的花
分赠给每一位幼小的听话者
是的，我是园丁叔叔

应当从远处看
他对着从晒台的柱子上悬挂下来的一根绳子吆喝
当绳子试图垂向花坛，又拉了回去
他开始喃喃自语
现在他怀里夹着一块木板 , 他往回走
他想请宣传科的熟人写上几个字
警告窥视他的花木的人
他还要领一把铁锹和一只水桶
像是领回自己的儿女
一根黑色的橡皮管子通向停水的地方
跟外人说为了自由灌溉
其实他无所谓期待
从背影看
有关园丁是什么样他都懂了
他娴熟，宁静
有人把这一切看在眼里

没有人知道他的出处

他像一个生僻的怪字那样

黄昏的太阳映照着他蹲下来拔草的动作

他像字，有一种令人难懂的意味

辉煌的工厂生活区门楼上贴着天然的大理石

首先是米饭一样的生活开始膨胀

开始出现花坛、草坪和剪草机

像还缺一件道具，于是又跟着有了

修剪草坪的人

但他不是天然的园丁

当办公楼的窗口有丝幔偷偷拉开

时间和地点

揭开一切形象之谜

他是一位不间断地填写表格的人

每一个季节，他都要在表白的一行填满黑色的灌木

某年某月在何处

他曾是寄生虫

日常生活驱赶过他

他仍然没有驱赶过在打谷场上啄食的鸭群

于是他爱把多余的米撒出去

撒在他待过的地方

清洁工人、特约编辑

教科书上的人、流浪者、踩过红地毯的人

旷工者

他是碎片

拼接在一块仍是碎片

生活区家属打碎了暖水瓶

在花坛周围

他拾取碎片后还给主人

别人的意思是不用还了

仍有零星的光斑散落在草丛之中

他是词语
园丁制服上的条条皱纹
从近处看
皱纹在折磨之处
但他不是天然的园丁

他是由演化而来
也许不是
只要像花木一般生长的生活在等待
剪去向下的枝条
园丁的形象会永远存在
他背着装有杂草和浮土的筐子
往垃圾堆方向走去
他走过人们的交头接耳之声
这时
枯萎的草往往又抽出细长的新绿
摆动在柳筐的边缘
他并不为此惊动
当有许多人围住他
他只得当众喝下浇灌花木剩下来的水
他们才互相说
工厂区来了一位园丁
以前没有见过

（选自《诗歌月刊》2018 年第 7 期，责任编辑：李云。）

哈尔滨笔记

/ 李琦

世界

从前，我年轻，特别爱谈世界
我的向往和好奇，无边无际
世界之大，太多想去的地方
每次远行，兴奋得都有些慌乱

如今，我的世界
具体而琐碎，触手可及
就是眼前的饮食起居
包括常去的药房、书店、超市
年迈的父母，就是整个亚洲
要安于倾听，母亲的前言不搭后语
谨慎耐心，搀扶不能自理的父亲
艰难地下床，一步一挪
气喘吁吁，坐到他的老椅子上

流水的光阴，铁打的世界

我貌似已循规蹈矩，心生凉意
却依旧在世界的目光下，想象着世界
世界，你如此博大、绚丽、神秘
你的千般美好，你的险象环生

包括由你生成的各种遗憾，锥心之痛
依旧具有如此魅惑——
你地心引力般的沉沉召唤
你的深不可测，你的不可抵达

我对自己充满了同情

我对自己充满了同情
在这座我生活了几乎一生的城市
很难再找到往事的痕迹
幼儿园、小学、中学、大学
或者消失，或者迁移，或者面目全非
连同那些动人的老建筑、教堂、小街
能让你望着出神的地方，越来越少
让你生气的事情，层出不穷
时代的橡皮巨大而粗鲁
旧时光体无完肤，正被一一拭去

往事已无枝可栖，记忆的峡谷里
却仍有山峰、流水、摩崖与溶洞
那些若隐若现的细节，那些
昔日的声音，正滴滴答答
落在心思的钟乳石上

我常常站在一处处旧址之前
默念着一些名字。童年的伙伴
师长、同学、青春时代的恋人

你，你们，还有那些相关的味道、气息
分别来自教室、操场、电影院
当年的女生宿舍，还有
那曾让心跳加速的，某个男孩子的怀抱

是的，"一切都会成为过去"
可这伤筋动骨的速度，这种迫不及待
包裹着太多的粗暴、薄情、冷血和蔑视
下手之重，仿佛我们已经不配
再拥有往事，必须来路不明
眼看着那些逝去的岁月，落花流水
历史和记忆，先失去穹顶，再失去四壁
变成草芥粉末，似乎根本不值一提

呼兰的麻雀

每一次从哈尔滨去呼兰
路上，我都会与它们相遇
它们总是成群地出现
兴致盎然，成群结队
像是天空的广场舞成员

此刻，是 2017 年的深秋
呼兰境内，麻雀体态丰腴
一起歇息在落尽树叶的枝杈
像是一群圆滚滚的栗子
当它们收拢了翅膀

与我同行的友人
是个多情的南方女子
她在哈尔滨只停留一天
哪里都不去，只想

去看看萧红的故乡

此刻，她痴望着车窗外的风物
望着树上那些巢穴
眼睛竟有些潮湿
她说，你看这些小鸟
有伙伴，有家
和它们比，萧红的命太苦了
它们和她，其实也是同乡啊

这其实是一个伤心之地

这其实是一个伤心之地
作为旅居犹太人的会堂
那些背井离乡的人，在此祷告，集会
满腹的心酸和悲伤，说给上帝
说给同病相怜的亲朋

门窗、墙面、带浮雕的柱子
一切依旧。一百年的风雨
也没有让这间老房子丢失风韵
彩色的玻璃迷离斑驳，奇幻之美
对当年那些流落于此的异乡人
一定，具有抚慰和照耀的作用

存留了太多故事的地方，让人怀想
至今，仍有犹太人，从世界
各个角落来此，他们激动地
找寻当年自己或者父辈留下的痕迹
有人含着泪水，用生硬的汉语
对店主说：我是哈尔滨人

在这样的老房子里独坐
亚麻桌布上，一杯红茶
清香袅袅。看着墙上的老照片
那个拉手风琴的少年，多么英俊
他在照片上，比本人留在世上更长久
青春，琴声，连同这空蒙的此刻
一切都像这北国黄昏的暮色
正在慢慢地，归于沉寂

被冻住的船

那些船，被冻在松花江边
一声不响，看上去
像一群逆来顺受的人

它们用整个冬天来回忆
那在大江里航行的感觉
仲春和风，盛夏艳阳，深秋的星夜
当船头划开波浪，那种姿态，那种声音

作为船，比起南方的同伴
它的体验更为多元，甚至接近深邃
肃立严冬，知晓季节的威力
那被形容为波光粼粼、随风荡漾的大江
一到冬天，把心一横，竟坚硬如钢铁
任凭汽车、人流在冰面行走
而骄傲的船只，它的浮力此刻毫无意义
只能接受冬天的苦役
如老僧入定，一动不动

寂静的松花江之岸，北风料峭
行人稀少，只有那些冻住的船只

在回忆，冥想，闭关修炼
漫长的冬天，让它有机会
一遍遍体会自由的含义
它必须耐心，在此扩大自己的心量
等待轮回，静候冰消雪融

路过少年宫

少年宫，三个字已经足够
让我驻足。三个琴键，按响了往事
时间倒转，昨日重来

我们十二个女孩子
正随着钢琴起舞，有人错了
又有人错了，无数遍练习
仅仅是一个出场，老师目光凛然
谁也不许错！你们就是一个人！

十二只小天鹅
十二枚树叶
十二朵雪花
十二棵小白桦

如今，十二个人里
有祖母、外祖母
有伤痕累累、不肯再回忆往事的人
有早已改变国籍的故人
有连站立都成为奢望的患者
还有人，已经变成了墓碑上的姓名

我们曾是一个人，"红领巾舞蹈队"
最终，以不止十二种方式
各自飘零，经历不同的战栗

承担属于自己的命运

而那"少年宫"三个字，依旧冷静
甚至神秘，苍茫世事中，成为旁观者
此刻，它又看着我重新变成当年那个孩子
单薄而天真，正望着老师
她优美而严厉，来！孩子们
你们想象远方，抬头，再抬，往远处看——

和两位诗人参观犹太会馆

这一天，宁静的会馆
只有我们三个参观者，安静地
参观，凝望，在他人命运的痕迹前
脚步轻缓，心思郑重

什么能有岁月这么富有力量
一些重大的事件，最终
不过变成一条简介或注释
曾经的不可一世，包括
被定义的正确甚至伟大
烟消云散，而绵延流传的
永远是文明、尊严、辽阔而柔软的爱
还有，看上去纤弱单薄的那种美

比如，呈现这一切的——
那堵召唤一个民族面壁祈祷的哭墙
那些穿越岁月的眼神，以及
几句话，一本书，一阵歌声
或者，刚读了几行
就让人内心汹涌的诗句

（选自《草堂》2018年第6期，责任编辑：桑眉。）

西渡的诗

／ 西渡

鬼屋

进入黑暗，门口赤身的骷髅
跟你握手，迎你进入一个
暂时的地狱，披黑氅的另一具
提灯在前面引路。灯暗下来

它也跟着消失，留你在一片
巨大的坟场。其实并没有坟场
只是一些散乱的土堆，磷火是
电萤火虫冒充的。旷野的幻象

随即退场。门框上的女鬼拉出
长的舌头，滴下冷的血，她的呼吸
也冰冷。梁上的吊死鬼纠缠台下的
替死鬼，你心里的小鬼一阵慌乱

停尸房里并没有尸体，却有一只

不失时机拽住你裤腿的骷髅手
另一只搭上你中年的肥腰。吓坏的孩子
叫喊声压过了溺死鬼小声的啜泣

你在这里感觉到真实，凌厉的
动作，带着森然的气质
不同于外面的燠热，迟迟不肯
离去的雾霾，跟风耍赖皮

你经过的窄道仿佛曾经的产道
判官的朱笔将要清算你的一生
他向你索要的是你辛苦赢得的
你放下，他就让你安然通过

所有的人都妨碍你。而回头路
是没有的。只有不断加紧脚步
逃出去，就意味着交出你自己
进入阳光，众鬼脸瞪着众人脸

鲁班术

树枝折断，柿子洒落一地
我笨拙地模仿它们在山坡上连续打滚
停下的时候，我还能看见
刺眼的光线，另一个巨大的柿子

在这沟沿上，我躺了一天一夜
尖锐的石子硌得我肩胛骨生疼
蜜蜂放弃我，蚂蚁和苍蝇密集访问
更多的还在急急忙忙赶来的路上

我的被诅咒的技艺背叛我。当跛脚

的师傅要我大声说出"无前无后"
我是否想过今天的后果？也许
这样的结局仍强于命定的鳏寡孤独

艺多不压身。我的技艺却格外沉重
人间需要安慰：我竖起房梁，垒砌
灶台，把天上的火降为人间
的火，仙露化为人间的佳酿

我不曾拒绝人们的哀恳，纵使
他们一再贬低我的技艺，怀疑我的
用心。我容忍了猜忌、咒骂、背后的
指点。他们已经这样做了几千年

说到底，天使的愤怒只能报复我的肉身
此刻我的心安宁，泪婆娑，鹰隼
在我的眼内啸聚，复活的太阳命令
这些大鸟，携我如风，升入光耀的天空

也许你终将明白，这一切仅仅是开始

树木

树木的存在并不透明，因此
王阳明陷入昏迷，而释迦
由此顿悟。这足以证明
格物和打坐的方法迥异

有人用斧子和树木对话
树木不喊疼，也不抒情
伐木的人早已不在，而树木
依然呼吸太阳，吐纳光明

树木的年轮里有血，奇异如
生命本身，和祭台上的蜡泪
一起滴下，和青烟一起消散
和青草的呼吸一起弥漫田野

贩卖树木的人是有罪的
炼石之后，多少树木死去
倾圮的宗祠再无支撑的
梁、柱；愤怒的族长悬梁

沉默的子孙继承了那绳子

祠堂

八百年前，他们的始祖移居此地
买下这些本属于其他姓氏的山峦
他的子孙繁衍，他们的子孙
零落，村庄刹那改换门庭

他曾经游宦，艰辛备尝，晚年
意兴阑珊，退隐林下，挑中
这世外山水，紫荆岩、八角尖
拱卫，清溪环绕，松风日作江声

但他们渐渐守不住这数里桃源
老人们退化成动物、植物、石头
年轻人星散，奔赴遥远的他乡
搏他们的命，也无非以血换食

倾圮的石墙，苔藓日深，相对空房
乡思没有用，相对荒芜的田园，丰收

没有用。回到故乡的人一日一醉
站在高高的山冈，恸哭没有用

房屋

曾经庇护我们的，不再能
庇护它自己，星光和雨水
从瓦片的缝中漏下，松动的
牙齿，咀嚼九百年间的往事

一只猫从灶膛突然窜出
其实它只是它自己的幽灵
它的瞳孔放大，一整个
家族从那里面走出，消散

酒从杯子的裂缝走出，火
从灶台走出，不再有孩子
诞生的哭声，不再有灯
不再有牲口粗鲁的呼吸

他的膝盖疼痛，想要跪下去
而满地的瓦砾让他畏怖
面对山梁上祖先的坟地，他读到
彼此间越来越难掩饰的相似性

再驳弗罗斯特

汽车行驶在铺了沥青的
乡间公路上，串起一些熟悉
而又陌生的村庄。另一边
齐腰的枯草遮没一条土路
紧挨着日渐枯涸的溪涧。

这样的两条路让中年的还乡者
稍感晕眩。三十年前，你用
穿解放鞋的双脚一步步
丈量过的那条路，通向了
今天的这条路吗？你认出
桥边的香樟树，捧着同样的
鸟巢，仿佛裸露的时间的
巨大心脏，而围绕着鸟巢飞翔的
早不是同一窝叽喳的喜鹊。

两条路近于平行：在离得
最近的地方，彼此似乎
触手可及，却始终保持
有分寸的距离，仿佛它们
从来没有共同的出发地；
它们之间年龄的落差形成
危险的悬崖，暴露出各自
一心抹杀对方的阴郁企图。
它们都倾向于相信自己才是
唯一的出路，事实也如此
假如卅年前的一切重来
你能够选择的道路也不会
多于这一条。这是群山对你的
教育。弗罗斯特担心的
千差万别从没有发生；倒塌的
石墙下，穿过蛛网的风告诫
你，这就是所有道路的秘密

（选自《读诗·土地上的铁》，潘洗尘主编，长江文艺出版社 2018 年 7 月第 1 版。）

《浴～猎》
王洪云
120cm × 80cm
布面油画
2013 年

玉带湾观海

/ 蒋浩

1
悲伤不是一种情感。
甚至也不是任何情感的源头或终结。

2
波浪在海床上挣扎，
像一个干枯的舌头。

3
昼之光和夜之灯照亮的这片海天之间巨大的虚空，
是可以满足于你从指缝间来观看的。

4
任何声音都可以模仿。
海模仿了孩子的声音。

5
世界上只有一个海。

我现在看到的是她的一个最小的复制品。

6

我们中的一位死者现在作为这海中一滴，
在面前苦涩地看着我的无能。

7

这跃起的波浪缩回到笔尖时，
文字显现出前所未有的狰狞。

8

匍匐的波浪有时会爬过来舔脚趾。
水珠在脚边破裂，也在趾间圆满。

9

此刻，我没有什么高兴的事要告诉你。
高兴的事都是我们在一起的那些事。你的死亡永远复活了她们。

10

我学会了如何凝视这海中的一排浪：
当她消失时，我必须意识到我还站在这里。

11

观看就是致敬。
住在海边，像是守墓。

12

我意识到了喜悦。
但我很好地维护了那些只有持续的痛苦才能带来的短暂的喜悦。

13

我不喜欢生活在矛盾中。

潮来潮去足够让我警惕来自矛盾双方的吸引力。

14
我们能做到些什么？
我对我做了些什么？

15
今天的海像不认识我：浪这么高，风这么急。
可这才是我最熟悉的你呀。

16
海认识每一个人。
因为她没有眼睛。

17
永远新鲜的来自波浪的敏感，
品尝沙滩上的一切污浊之物。

18
我想写一些随随便便的诗，
波浪变乱了口音，而海始终如眉毛般清晰。

19
悄悄地，我又不由自主地走到沙滩上。
我像是害怕我身后跟着一个海。

20
与其说波浪戴着镣铐在烧红的铸铁般的海床上疯狂地舞蹈，
不如说你汇集了你所有的词语来解释你的每个词语的来源。

（选自《天涯》2018 年第 4 期，责任编辑：林森。）

关晶晶的诗

／ 关晶晶

转山

1

多疲惫，一口气散去，便要灰飞烟灭
更加努力地呼吸，把胸腔里的空旷扩至四野
惊雷滚滚的心跳中
万壑松风和千尺桃花潭水，都作片片雪
作片片闪耀的金光，遍布虚空

2

可究竟是胸腔里的一片空
看不见的坛城，步步荒芜里有行走的密意
缘起背牛粪的卓玛，然后，是一群羊
天上埋头吃草，瞳孔溢满山川河流，然后，又崩裂为无限沙砾
粒粒肉身，哪一沙不是一座冈仁波齐

3

法螺已吹响，舌心幽暗的沟壑灌满酥油
点燃密咒，敲打十殿浮堤门
天梯上刚刚挽扶过我的人
百万次被我吞下的世间重量
都簌簌落下如种子，在金刚亥母的温泉中流连

4

时空倒映出彼此的涟漪
在刹那遇见天地，没有创世者，只有通灵人
密而不语，把契机归还照见
把血管里流淌的星空，和史前闪烁的寒冰百炼成金
关于孤独，应义无反顾

5

然后再把空气填满冷
把手脚缩进身体，留一双眼睛，在二十座雪山之间移动
寻找更荒芜的冷，以及冷的凛冽和冷的决绝
干净透明的冷，把自己看进雪山
看成一座幽深的冰

6

除非是一次死亡，逆转出生
无数次相同的回望，梦中的白鹤回到来处
来处是纷繁的战事，是寂灭
是异界的词语灌入一颗悲悯的种子
是野牦牛隐入巨大的耀目的雪，剩下虚薄的空

悲伤

堵在胸口的厌倦，不知该投向何处
这挺让人崩溃的

我在屋里打转，走来走去
瓶子里的花已经耷拉了脑袋
——它们昨天还娇艳着
我望过去的功夫，花便萎了
那么的不经直视
那么的让人悲伤
尽是悲伤啊，从音乐里走出来
从故事触动我们的那一刻走出来
从一个肉身走向另一个肉身
柔软的肌肤挡不住悲伤的脚步
怎么有那么多悲伤啊，在这世上

风

风，给树木带来了欢娱
他们表达、诉说
隐秘的语言闪耀金光
我听不到，但懂得
在我视线里涌现的万物
都随风化入胸中一片蔚然
穿过光的缝隙，沉匿于寂静

孤儿

熟悉又陌生，那个叫关晶晶的
我前世今生的同胞子
关节每次的弹响中有她
朋友看我的眼神中有她
那些据说是我的作品中有她
我在腹中切下她，连血带肉取出
把她还给我同样陌生的母亲
从此，我不再是任何人的孤儿

龟盏

龟,行于水涧、泉林
从北宋的湖田
到去年的狮子洞
又穿过狮子洞的野芽和落梅
行至案上的茶碗中
此刻月正浓,天干火重
我正盼望山顶的雪

龟啊,你既来
便与我对饮这盏茶吧
看夜色里的流云,快过了光阴
那些深信,那些孤独
甚至那些真正的虚空
都是我内心的一团火
从无雪的冬季
一直烧到我的眼角和唇上

龟,世事于你都枉然
岁月于你无始终
只可怜漫天飞絮,太飘零
我望见你时的那一树杜鹃
满枝的紫色,透着蓝意
这蓝来自天空,每片花瓣都有云的轻
每片花瓣都辽阔
如心意,如光明,晾挂山中

花园

杂念丛生的花园,不必修剪
如德谟克利特那般

只需挖掉自己的眼睛
保留桀骜不驯与格格不入
保留与完美的背道而驰
保留陌生的语调，或者沉默
以及沉默里的深情厚谊
保留片刻的阳光
和飘来又散去的暗香
保留所有的误解
以及，误解里的新世界

降临

从亿万米高空向下坠落
用神的眼睛，和羽毛的轻
那应该是悲悯，我以为
除了悲悯，还有眷恋
带着渴念，穿过稀薄和冷
愈来愈重
直至如流火，砸向尘土
轻改变了姿态
成为炙热的俯冲
成为咆哮与灾难
那是什么？
如果你不问我，我是知道的
但是你却问向我，我便一无所知
在逆光处见到光的形
这恶，比我们想象中更大

距离

人一多，我就容易跑神
跑得很远，大概只剩一粒绿豆的人影那么远

大家都说我不爱说话

那是因为我们的距离，他们

听不到我说的话

没关系，我的话只需要听得到的人听

没关系，我本也无话可说

姥姥

月色清爽又明亮

我想起五岁时的夏夜

林子里的小径新鲜神秘

姥姥牵着我散步，教我辨认星星

辨认披上玄青外衣的柳树和葱兰

还有路过人家小院里昙花的香味

蟋蟀在叫，萤火虫闪烁

我仰头望呀望着皎洁的月儿，就像此刻

隔着时空，姥姥温柔的低语幽幽传来

牵着我，小径依然陌生而神秘

凉风掠过姥姥手中的蒲扇

掠过我的脖颈

月色清爽，又明亮

林涧夜曲

美是悲哀的，像烛泪溢出生命

精力的边缘口齿不清，索性就闭上嘴，熄灭烛火

把目光投向远山，以及更遥远的星辰

溪水奔腾而下，是谁在奏鸣？

秋虫切切，音符穿林打叶，弹响了时间

早上桂树刚长出新枝，夜晚花便开了

早上的我还年轻，夜晚，我便老了

旅程

常常醒来不知身在何处
旅途上的客栈，梦里的暂寄
与家中并无不同
一个人喝茶，望天，翻捡旧物
一个人打量无常
并与路上的人道别
银杏黄枫叶红
桂香散尽，又该启程了
明天窗外应是西岭的千秋雪
应是，一个人的知冷与寂静

日子就这般一去不回

一片树叶落下，落在时间的尽头
起风了，万物涌现，众神归位
我忆起童年，明亮如此刻
碧水生起绿藻，池鱼和光而卧

北方的天空流火
骄傲的智识纷纷扰扰，纠缠不清
那是文明世界的一团谜
任何身份都耻辱啊，如风中扬尘

一半星光一半雷鸣
瞧，山背后是云起之地
高原上的夏夜未尽，秋风已凉
日子就这般一去不回

我想

我想写作，看着落日缓慢地写
不用担心明天的食粮
我想在花园里看书，自由地看
不用担心忘却
或者大风把书页翻乱
我想折一枝花盛入花罐
望着它喝上两杯
不用担心体内的坏细胞
欠了清香与容颜
我想，就这样不紧不慢地想着
没有任何人到来
也无任何事情去做

陷阱

梯子架好，麻绳找不到了
仿佛是个陷阱
在语言，以及事物可能的联系上
最隐秘的部分一定不是日常
不会是整理花架或别的什么
思维的陷阱必须连接幽冥
必须包括眩晕、下坠
包括自我的痛快和暴力
当揣摩和假设发生
当我在花荫里看光打在地上

寻找

1
寻找一块巨大的岩石

被大雪覆盖过，并怀抱洞穴
目睹大地裂变河流迁移
以及光从地底隆隆升起
面前的碎石有鹰爪停留，有雪豹盘卧的气味
以及人的手印和火的烟
我应住在那里，收集贝壳
摆成星辰的图案
在岩壁上记下一生

2
再寻找一面墙
窄而高耸，四周干干净净
只有材质的粗粝和坚实
从大地深处生长出来
从空里生出间，并隔绝散乱
如如不动将思惘打回原形
我应面墙而立，屏息凝神
感受四面八方时光的移动
并接纳他们的关照

3
最后寻找一片湖
静水流深，暗藏天光云影之密意
以及雨雪的语言
我应在湖面上，看万物的倒影，如履薄冰
"在这里，在死亡之后
我们因失去双手而仍将触摸
因双目失明而仍将观看"
一只蝴蝶扇动翅膀
不可预知的未来，正悄然发生

（选自《读诗·虚构的平静》，潘洗尘主编，长江文艺出版社 2018 年 10 月第 1 版。）

韩文戈的诗

/ 韩文戈

开花的地方

我坐在一万年前开花的地方

今天，这里又开了一朵花。

一万年前跑过去的松鼠，已化成了石头

安静地等待松子落下。

我的周围，漫山摇晃的黄栌树，山间翻涌的风

停息在峰巅上的云朵

我抖动着身上的尘土，它们缓慢落下

一万年也是这样，缓慢落下

尘土托举着人世

一万年托举着那朵尘世的花。

晴空下

植物们都在奔跑。

如果我妈妈还活着，

她一定扛着锄头，

走在奔跑的庄稼中间。
她要把渠水领回家。

在晴天，我想拥有三个、六个、九个爱我的女人。
她们健康，识字，爬山，一头乌发，
一副好身膀。
她们会生下一地小孩，
我领着孩子们在旷野奔跑。

而如果都能永久活下去，
国生、冬生、锁头、云、友和小荣，
我们会一起跑进岩村的月光，重复童年。
我们像植物一样，
从小到大，再长一遍。

冬夜读诗

黄昏里，我看到他们，约翰或者胡安
沿着欧洲抑或美洲的大河逆行
温驯的、野蛮的河水，逆行成一条条支流
他们来到渡口，一百年前的黑色渡船，晚霞
连绵雨季中的木板桥
农场上空的月亮，草原云朵里的鹰隼
他们在岸边写下诗句：关于地球与谷物的重量，自我的重量
如今，约翰或者胡安早已死去
世界却在我的眼里随落日而幽暗
钟楼上的巨钟还在匀速行走
有时我想，努力有什么用？诗又有什么用
甚至还要写到永恒
而更深的夜里，我也会翻开大唐
或者南北宋
那时，雪在我的窗外寂然飞落

黑色的树枝呈现白色
布衣诗人尾随他们驮着书籍的驴子，踩碎落叶
沿山溪而行，战乱在身后逼近
他们不得不深山访友，与鹤为伴
有一年，杜甫来到幕府的井边
一边感慨梧桐叶的寒意，一边想着十年的流亡
中天月色犹如飘渺的家书
他说鸟儿只得暂栖一枝。而秋风吹过宋代的原野
柳永的眼里，天幕正从四方垂下
苍茫古道上马行迟迟，少年好友已零落无几
此时恰是深夜
我正与一万公里之外或一千年前的诗人聊天
他们活着时，没人能想到
会有一个姓韩的人在遥远的雪中
倾听他们的咳嗽、心跳，像听我自己的
在我们各自活着时，一个个小日子琐碎又具体
充满悲欢，特别像造物主的恩典

包浆的事物

经常有人显摆他的小玩意
各种材质的珠串，造型奇特的小把件
有了漂亮的包浆
说者表情神秘，显得自豪又夸张
其实，那有什么啊
在我们乡下，包浆的事物实在太多
比如说吧，老井井沿上的辘轳把
多少人曾用它把干净的井水摇上来
犁铧的扶手，石碾的木柄
母亲纳鞋底的锥子，奶奶的纺车把手
我们世代都用它们延续旧日子的命
甚至我爸爸赶车用的桑木鞭杆

这些都是多年的老物件

经过汗水、雨水、血水的浸泡

加上粗糙老茧的摩擦，只要天光一照

那些岁月的包浆，就像苦难一样发出光来

重新命名

我把那棵夏天的树叫白色的房屋

那棵冬天的树叫火，我把村外的一条河叫牛尾

现在，我要把你叫一场蓝雪，把他叫呼吸

把另外一个人叫咬牙，我把中午的太阳叫露水

把落日叫耳朵，我把耳朵叫坟，把婚姻叫脚手架

把牵牛花叫姑姑，把大蓟草叫月亮

把政府叫出家人，把活着叫桑木扁担

把死去看做是在十字路口问路，等待红灯、绿灯

我知道，所有的命名都没有意义

无论是命名之前，还是命名之后

草还是草，井水在地下汇聚着早逝者的哭声

落日仍然在每天擦过山顶，我把自己叫印刷品，我读天书

我把这首诗叫鸽子跳探戈，我找刮风的人

他打开最初的世界之窗，窗外住着我们的祖宗

他们赤身打猎，在一个全新的世界

那里没有所谓的文明

我该怎样测量生命的深度

像丈量天空一样测量生命的深度，飞鹰有一双刺破天庭的翅膀。

像深入花朵的底部，小蜜蜂爬入金色山谷，吮吸着蕊。

我要把出生日、恋爱日、雪日、雨日、耻辱日和死亡日结为一条漫长的
 软尺。

我要把午夜盛宴、野心、虚荣、外伤和绝症编织进去。

我还要把酒、目光、初吻和黄昏的歌染上颜色。

像空气丈量一棵树的高度，像同情心测试一个穷人的体温。
我沿着四季的山脉疾走，沿着昼与夜波动的河流狂奔。
沿着星光、闪电、鸟鸣和树梢的方向上升。
而泥土、村庄、祭祀将把我彻底放弃
像遗弃一眼废墟里的古井：
你听那清泠泠的水声！
宿命的绳索牵引着我，向下，直到井底。
直到死亡、哀歌和鸟群把我的痕迹轻轻覆盖。

我们是我们，他们是他们

外边来的人管那叫山，我们管那叫西关山
外边来的人管那叫河，我们管那叫还乡河
外边来的人管那叫风景，叫古老的寂静
我们管那叫年景，叫穷日子和树荫下的打盹儿
外边来的人管那叫老石头房子
我们会管那叫"我们的家"
外边来的人管那叫山谷里的小村
现在，我们会心疼地谈起它，管它叫孤零零的故乡

半夜醒来

半夜醒来，忽然闻到：
江边的丹桂花香，山坡上柠檬树丛的香气。
仿佛看到一个孩子，走下江堤，去舀水。

高过天堂的夜，低过苦难的夜，
只有一个孩子走下青石江堤，去舀月光，去舀水。

交汇

暮晚时分，我喜欢坐在倾斜的光线里

看河口的两条河隐秘交汇

那时，我的身后，白天与夜晚也在交汇

我的肉身，生与死每天都在一点点地交汇

我看到翻涌的水不断从深处冒出来

就像绽开的花瓣，无穷无尽

它们被一双看不到的手分开，然后舒展

又一层层剥去，平息

此刻，不远处悬挂的每一颗苹果

朝南与朝北的两面，青与红浑然圆满

喜鹊与乌鸦在同一枝头交替鸣叫

演奏着我们听而不闻的天籁

我能够感到，瞬间在不停剥离，远去

而永恒依旧蛰伏，不动声色

不多时，黄昏便已撤退

草木隐进了自身的幽暗，长庚星出现

我们那边人们的活法

天黑得发亮时就被称作漆黑

山里没通电的年月，星星就显得特别大

当我们走在星光下依次告别

没有一个人说晚安

只是互相提醒，天不早了，去睡吧

那时，我看到悬在天幕上的翅膀显得疲倦

它们会依次下降，下降，把自己的披风

摊开在葡萄架、河面或草地上

在白天我们也不会说早安与午安

我们会互致问候：吃过了吗？然后结伴奔向田野

后边跟着我们的女人、牛马，以及幼小的孩子

复活

有一天我把败落的村子原样修复

记忆中，谁家的房子仍在原处，东家挨西家

树木也原地栽下，让走远的风再吹回，吹向树梢

鸡鸭骡马都在自己的领地撒着欢

水井掏干净，让那水恢复甘甜

铲掉小学操场上的杂草，把倾倒的石头墙垒起来

让雨水把屋瓦淋黑，鸟窝筑在屋檐与枝头

鸟群在孩子的仰望中还盘旋在那片天空

在狭窄破旧的村街上，留出阳光或浓阴的地方

在小小的十字路口，走街串巷的梆子声敲响

把明亮的上午与幽深的下午接续好

再留给我白昼中间那不长不短的午梦

当把老村庄重新建在山脚与河水之间

我突然变得束手无策

因为我不能把死去与逃离的人再一一找回来

旷野里的门

四月的布谷鸟躲在雨幕深处，打开小小的机关，叫个不停。

它用自己的声音喷淋，洗浴，合拢的山谷传出歌声。

一个孩子走出大地，他藏有全部事物的种子。

跟随着雨丝，他一边走一边播撒。

曾经我也这样，一边走一边播撒，在那些年轻的日子。

现在我收获越来越多的遗忘。

我还将看到燕子悬在水面用坚硬的嘴提水，建筑新居。

人们腾出土地，腾空名字，腾空老院子

想让鸟住进来，那些布谷，那些燕子和鸽子。

那些啄木鸟敲打着光秃秃的老树，挖着树干里腐朽的年轮。

生命的黄金，也正一点点离开我，被它的新家所收容。

夜里轮到我在人间值班，打更

我听到旷野里有一扇门不停地打开又关上。

早晨叙事

公交车到达长安公园站
上来个老头，年龄当然比我大
他径直走到我身边，喉咙里发出响动
我明白他是在提醒我让座
但今天我故意不看他，闭上眼睛假寐
司机也在鼓励乘客尊老爱幼
对不起了，老韩今天血压偏高
心脏也有些异常
另一个原因，那老人穿一身运动服
浑身还在蒸发着汗气
显然是刚刚结束锻炼，比如跳舞或跑步
而我赶路去看医生，我也懒于解释
我想等我下车后，车内气氛将会热烈
一车人准会议论我，这样也好
以一个人的骂名成全了一车人的高尚

先知

我害怕有这样一个人存在，一个先知
但他从不多嘴，他知道世事的结局
却有一个地平线般缄默的嘴唇
他看着人们做下好事与坏事
让人尝遍苦难、欢乐、离别、爱与仇恨
甚至他知道田野里的玉米与红薯
哪个收成更好，他任由播种者盲目播种
他清楚今年的风将在哪个日子、从什么方向刮来
吹落一树的果实，庄稼倒伏在地
羊群会误食毒草，井水被洒下污物

他看着小兽走向布下陷阱的丛林
而地震正悄悄靠近众人
他早已看到每个人日后的葬礼
但他只是沉默，从不借助梦境给我们启示
也不点燃星辰带给黑暗大地以光亮
这样的先知我无法去爱
如果他是神，也一定不是我们的护佑者
他凝视大地的未来，如盯住作战沙盘
而我只在往事里投下锚，让我的船队歇一口气

田野静悄悄

一匹马看着土里露出轮廓的死马的骨架
不知它是否认出了自己。
一个被乡村医生拿掉的孩子
大地上没有他的位置
他只能飘在天空里，以他的沉默
对应大地的沉默。
坟墓扎根于泥土，里边的主人闭着嘴
听任草木的根靠近他
试探他的沉默。
蝉在此之前已放声高歌过
而蝉蜕保持着它不被人领会的另一面：沉默
我的诗不再刻意与这个时代对话
但它们却在与所有时代对话。
像我刚刚看到的那匹凝视骨架的马
现在开始吃草，它终将被青草所吞没。
就像此刻
我流浪在无边的静悄悄的田野
并与田野交换寂静
如同流浪在一个巨大的玩具房子里
被死亡所教育。

草地

送草皮的汽车卸空后掉头开走了，像卸下草的尸体
跟车卸草皮的人留了下来，她们是活的
整个上午，她们都在我南边铺着草皮
草地就这样铺过来，跟南边的初夏一样来到我的北边
我坐着，一会看书一会抬头看她们工作
这是几个俊俏的妇女，小声讨论着孩子、布料以及男女之事
她们的手一刻不停，像鸟的脚趾踩过草尖
因此这个上午得以起死回生，我呼吸着草叶与草根的香气
她们脚下的草地越来越大，直到盛大的初夏包围了我

（选自《汉诗·风把绳子上的衣服吹向一边》，张执浩主编，长江文艺出版社 2018 年 8
月第 1 版。）

黄小培的诗

／ 黄小培

死这件小事

死亡使一个人饱含热泪，
而衰老是一生的事。
每一日被餐桌上的蔬菜和粮食消化，
又在生活宽大的病床上醒来。
我的快乐是光芒照见的葡萄，
我的痛苦是还活在其中，
它有蜜一样的诱惑。
我已经历经了许多死亡，
像一阵风吹过雪白的梦境。
这世上有我所熟知的告别方式：
从人群中分离出来，长久地。
所以有时候，我会到无人的
旷野走走，短暂离开，
迎接风，迎接万丈的苍茫，
独自领略可能涌来的一切，
苍老的心是挂在鱼钩上的星漂。

植物们的投影给人以宽慰，
里面藏着鬼魂，不说话，
他们吃露水，喝新鲜的空气，
过着和我们互不相干的生活。
这样看来，"死，是死不了人的。"
当我嗅到大地沉沉的暮气，这种
寂静而古老的气息，像雪，
在一片蔚蓝里飘。
感觉到身体开始在风中消散。

离别诗

一生都在离别啊，流逝的时光
一刻不停地带走旧风景，
带走旧家具和年迈的亲人。
花花叶叶陆续离开枝头，
消失在燥热的蝉声中。
我也在不断离开自己，我感到
体内一些小螺丝开始松动，
身体开始发福，变得贪婪、虚伪、富有野心，
这种样子曾令我厌恶又恐惧。
如果祖父还活着，他一定会在门前的
菜地里种下许多豌豆和大葱，
然后抽着烟骂我混蛋。
为此，我醒在白天和黑夜之间，
像一个梦游者拖着疲惫的身躯
一次次奔入火热火热的生活，
我的青春正像风一样从我体内撤退。
如果你见到了像我这样的人，
你就能看到且明白他眼睛里的深渊。
请原谅他不停地奔走在远方，
原谅他那颗丢失的悲悯之心

和无处安放的乡愁，
原谅他被生活的再教育封住的嘴。

生活学

回忆掀起破旧的一角。
大浪仍在淘沙。
我们之间的距离，
那些多出我的一部分模仿出
云一样不确定的事物，
在流逝。在返回。
仿佛我们用着同一躯体
而你又无从确认。
孤独让我亮起的一盏灯，
灭过。但它现在依然亮着，
沿着汝水卑贱地流，光明正大地流。
鲜嫩的空气，每一日扑打
同样的发光体，我和餐桌
惯性地接受死亡。
生活向我露出它的苦相：
一个破旧的时钟，疲惫，温暖。
我感到有些灰的时候，身体
成为夜色的一部分
成为它平静下来的样子。
仿佛指引，又仿佛对抗。

敬畏

我对土地的敬畏来自于消失的
亲人们，他们不见了，
其实，是把自己种进了地里，
长成草或者庄稼。

在秋收后短暂空旷的田野上，
寂静不是寂静，是深渊。
土地太孤独了，想生长，想闹腾。
比土地的孤独更深一寸的
是地下醒着的亲人，
他们总想探出脑袋看什么。
犹记得那年二叔开着隆隆的拖拉机播种，
一头扎进沟渠鲜血直流。
那个躁动的黄昏，
土地拽住天空一起眩晕，
落日在远处的杨树林里浓烟滚滚。

秋天使我感到无比羞愧

秋天是一个人突然去了远方，
而他的耳朵里还回响着夏日的涛声。
万物之中有的长成了栋梁，
有的在凌厉的风中消失了身影。
而后者正是那些无人理解的事物，
它们有着和我同样的木讷和孤寂。
一天之中，在最安静的午后
走出家门，来到无人的旷野上，
望着远处的杨树林和稀疏的村庄，
阳光依然照临大地，为万物指明归途，
我的云烟、光芒、欢乐、寂寥，
像一群温顺的小狗撕扯我的衣角。
而天空湛蓝，白云离我很远，
但和我渐渐走远的爱情离得很近。
过去的岁月里有太多的事物经过我，
幽暗与光明，长久与短暂，壮丽与卑小，
快乐与忧伤永恒流转，它们的意义
在于让我在短暂的一生中尝尽所有吗？

高远的天空把我无限地缩小，
依然是大地的博大托举着我的悲怆。
整个午后，秋风不停地吹拂着
流逝的时光和生活中的庸常琐事，
不停地吹拂着周边寂静里潜在的深渊。
我的心已不再年轻，身体里落叶纷飞，
越来越轻，这使我感到无比羞愧。

（选自《读诗·土地上的铁》，潘洗尘主编，长江文艺出版社 2018 年 7 月第 1 版。）

黍不语的诗

/ 黍不语

夏夜

漏风的屋子，被随意
带上的木门，
逃难的人带走妈妈，将刚出生的婴儿
放在我旁边。
风带走老杨树的枝叶，风在窗外
孜孜以求。
那是 1986 年的夏天。土地贫瘠，汗水肥沃
大人们惯常于夜间劳作，挣扎或奔走。
我看见孩童的我，拼命睁着的眼睛
第一次映现出浩若夜空的黑暗。
而婴儿就在身旁熟睡。
那时我还不懂得孤单和恐惧
那时我还不知道，未被这个世界打扰的
婴儿
有着那样抵御一切的力量。

馒头启示录

菩萨。

现在我躺在床上，连蝉声
都听不到了。
我听到一只蚊子的嘤嗡声。
十分钟前，我心无旁骛
顺手，却异常准确地，拍死了它。

我做得多么自然，菩萨。我为我的自然忏悔。

半个小时前，我看了一场演出
歌舞，朗诵，唱经。在你端坐的面前
在你无处不在的，星空之下
我担心吵到你，又忍不住
用眼睛、耳朵，去看，去听。

我有点恍惚，有点疑惑，菩萨。我为我的惶惑忏悔。

第一天进山时，第一次被女居士称呼：
女菩萨
我为心里生出的窃喜忏悔。

我忏悔，那些被我吃下和还将吃下的食物。
忏悔每一条走过和错过的路途。
爱和爱过的人儿。
忏悔幽怨、狷狂、忙碌、低头、哭泣。
我忏悔此刻。

菩萨。

当明日，我起身时，便是我离去时。
我离去时便是我开始时。
云浮雨落。山上山下。
我将不会忏悔，我怎样带着过堂时未吃完的
一只馒头，
下山去。

遗物

她躬着身子
独自，在清晨的草地上
仔细地挖
在她背上，天空阴沉
像一块巨大的、灰色的麻布
她手上是半根捡来的木棍
带着某棵树的创痕
正一下一下，戳着
一株木茼蒿
那唯一的，一朵黄色小花儿
在风中仰着脸
像夜晚的遗物
像她
被无法拒绝的、终将被带走的
命运
牢牢充满。

像河水一样流

夏天时坐过的岸边，河水
又往下走了一截
我们坐在消失的水上
感觉到身体

慢慢变轻
不再需要长久的、热烈的
交谈或拥抱

我们听见远处的田野
棉花暗自炸裂
花生在地下，不安地滚动
一种成熟的、宿命般的寂静
从远处席卷而来

我们打开自己，轻易地
接受了这意外的怜悯和成全
落日将溶
我们深知我们坐在水上的身体
也将一点点
成为水流的一部分

瓶子

每次当我独自
走在正午的大街上，人群中
在湖边或公园的灌木丛边
从下午，坐到黄昏
我感觉我变成了一只瓶子
无法开口，不能拥抱
有光滑细致的孤独
和充盈一切的骄傲
那时我会想起你
灵巧的手多么温柔
覆盖我，抚摸我身体的每一处像
重新造就
我不知道那样的抚摸也暗含着命运

当我成为一只瓶子，我有时候
空着。有时候接过
你折下的花枝

欢宴

他们围坐在圆桌上
喝酒，吃菜，高声谈论
有显而易见的兴奋，和亲近
他们的背后
月光在窗玻璃上停下来
像某种毫无意义的悲凉
我想尽量快乐一些
融入屋内蓬勃的空气
天真、固执的朋友

曾经我们一样孤单，虚无，热情或颓唐
穷尽所有，在自己的身体上寻找
一条足以行进一生的道路
很久，月光仍然停在对面的窗玻璃上
有人开始调笑
有人醉酒，说着吮当往事
这广阔的人间白云流转
有一刻我想转头哭泣，和身边人拥抱
当我缓缓转动身体，看见身边
空无一人，我知道
天空在撤退
更深的沉默已来临

时空

雨是在他往公园里走时
下下来的

不大不小，落在他身上像他
落在公园的那些卵石上
这些年，他越来越知道保持
一个人在世上的轻重
身边的人群很快就消失了
红的黄的灯火
在他身后次第亮起
他顶着雨水，朝向越来越远的路途
感到孤独
从未让人如此欣喜
他想起一个人，一定有一个人
走在另一场不大不小的雨中
而他们从未相识
——他们从不相识

祖母

很多时候我再没有想起她
在村最后面的位置，一小间独屋
趴在白杨树和稻田中间
像久无香火的闲寺

她从唯一的门走出来
扶着干枯的墙壁
砖与砖的缝隙间，是一些干枯的
满是漏洞的，泥土
干枯的玉米和豆角挂在上面

干枯的铁铲、簸箕，在她干枯的手上
落叶般颤抖
在永恒的夕阳后，与暮色一起，构成了我的
祖母。树木的祖母。稻子的祖母。所有

踏于其上的，泥土的祖母

我看着这一切。意识到，我在等候的事情
无非死亡。无非黑夜降临露水生发
某一处脚步徘徊之地，青草漠漠

（选自《扬子江诗刊》2018 年第 2 期，责任编辑：顾星环。）

灯灯的诗

／ 灯灯

即景

大雨辽阔。小雨温润。
水葫芦开粉花，但把秘密
深藏于水。
我所见之清晨，鸟鸣翠绿，蛙声清凉
石头露出地表
泛红的纹路，透露艰辛
我所能描述的，是你也看见的
我说不出的事物
是你
也不愿提及的——

一只蚂蚁翻过鞋底
因你我的不提及，和掩护：

来到了清晨的高处。

河边

天蓝不是罪。水在水中也不是为了
洗涤自身。包括两岸庄稼生了，灭了，大鸟在空中
声音中的疾苦
使一只牛停下吃草，它也会像我一样
望着远去的河水出神，也会
用眼睛，接住下坠的云朵
也会想起
林中的刀斧，又将开始新的起程……
而河水不管不顾，兀自向前，带动的风
无穷无尽
使前一秒落叶翻腾，飞旋
后一秒寂静
最后也会像我一样，像我一样
望着河水远去：
……山如禅定，水有万顷。

黄昏

鸟鸣向上，乌云飞跃两岸
跟着麦子回家的
我的亲人
已在云梯，唯一的光亮处
露出我才能看见的笑脸——
这么多年过去了
水一直在流
叶子一直在落
我从清晨来
将要到黄昏去
我所知道的，不会比此刻更多
我所领会的，不可能大于明日，我愿你永不会领会

永不会——

亲爱的孩子
我只愿你看见：

黄昏寂静……命运落下灯盏。

暮晚

美人蕉望向天边，橘色的笑脸
认领了云彩的孩子。
大河依旧向东，山色依然前倾——
水中，流逝的
还在流逝
浪花更大，它们把旧的事物
留在岸边
石头隐忍，像你我
从不轻易说出的生活
而我如何向一只蜻蜓学习？在水边
纤细的植物上
风大，吹不走；水急，不为所动？
我也是留在岸边的旧事物
我也是
一只蜻蜓——
暮晚，流水继续向东，继续流
在那看不见的边际
星辰会在稍晚时候出现：

那时——
我也是你，我。我们。

三角湖

我无数次来到这里是为了什么。你不在这里
我指给你看，草木秉着天性生长
一部分向着土壤内部
拒绝壮大，黑瘦的身影
是为了什么
我又和你说，布谷的喉咙里
有一口深井

树林上方
咕咕的叫声，我渴，由此我知道
夕光的善意，知道那么多水
它哪也不去，被岸包围也
哪都不去
我知道渔网突然收缩
是缘于内心
突然涌起的良心——
偶尔，湖水中的鱼儿们，感激地回望
而更多鱼儿
游向明天，和未知的餐桌……我知道暮色降临
渔船迟迟不归
是为了什么
老渔夫，坐在船头抽烟
为了什么
而湖水，我的三角湖，因为知晓一切秘密

——它清澈：
它接纳了落叶、树影、天空……和我。

那个像我一样的女人

卖莲蓬的人，也卖向日葵。
莲子悲苦，瓜子热烈
草帽下蹲着的人，现在站起来
站起来又蹲下
吆喝声和蝉声一起，某一时刻，突然高亢
越过树冠
一直抵达六楼，冲上云霄

——那个像我一样的女人，像我一样的女人
在窗前
她像我一样，拉上窗帘
匆匆下楼

莲子悲苦，瓜子热烈。
她买莲蓬
她买向日葵。

石头

石头不会说话，一说话
就领到崭新的命运：或滚落，或裂开
挖土机开到山前
采石场彻夜不眠
这一辈子，我和无数石头相遇
看见过它们的无言，以及无言的复制
这么多石头，那么多石头
分成很多块，一样奔波，一样无言
一样在无言中
寻求归宿
很难说，我是哪一块石头

这么多年，我在外省辗转
我看见最明亮的石头
是月亮
我看见月亮下面，山冈、河流、房舍
各在其位
各司其职
是的，是这样
就是你想的这样：
碑石寂静，而牛眼深情……

镜中

夕阳在反光镜中追随自己。村庄更是
沿着公路
在镜中，问询古老的身世
我多数时在杭城，和嘉兴之间飞驰
并不知自己
被过往追赶，并不知更远的我
一直在更远
等我前行……
正是黄昏，当我加速来到中年
我看见的，和你并无二样：
山有隐忍，河有湍急
石头迎头一锤，才发出怒吼
唯一不同的是，镜中
我将看见月亮：
——那唯一的、照耀人世的月亮。

保俶山

上山的路，和下山的路相等
有石阶

通往山顶，和山上的树木
一起聆听钟山
有鸟，在雪后的寂静之中
鸣叫，使寂静
更像寂静，空气中的波纹……

遇见的人，是我
都是我
背包族、香客、少年、老者、异乡人……

相遇时，寂静
更像寂静

……空气中祈祷，和祝福的波纹

我知他们为什么上山
是的我知

——我们为什么下山。

标点

河流弯曲的弧度，是一个问号
鸟带着逗点在飞，山上的菩萨看见了
菩萨的笑容，是句号。

我从春天出发，并不认为
冬天是归宿，索桥晃动
索桥晃动的时候，有时是夜晚
星星走动
仿佛省略号：银色，闪耀，希望

我知倾尽一生，叶子仍然带着愿望在飞
闪电鞭策上路的人，我知
鱼从水中吐出冒号
水纹深意，所有水纹——

像括号。所有的标点在其中
奔跑，受命

所有的标点在括号内

——在合十的手中
两个汉字在手中：活着。

像一棵树一样

几乎就是雪，空中带来的讯息
使树枝折断
鸟窝落下来，几乎就是鸟窝
落下的瞬间
另一群雪地里觅食的鸟雀，眼中的惊恐
和随时
可能发生的敌意
使我的母亲，离窗前，近了又近——

她年事已高，像一棵树一样
隐忍，还可以承受更多

像一棵树一样，等雪过天晴
或等雪……
继续落下来。

你是……

我也感觉到，雪下着
是出路——

没有辩解、旁白，没有多余的意义
在穷人的屋顶，又落了一层
渔夫杯中酒，又空了一回
鱼在渔网，又挣扎了一次

而后是，你是渔夫，你是鱼
你是雪——

你是雪。你是雪呵。在雪的基础上
继续下着
在任何地方

……仿佛出路。仿佛归宿。

（选自《星星·诗歌原创》2018 年第 8 期，责任编辑：敬丹樱。）

叶丹诗选

/ 叶丹

给毛毛的诗

毛毛，请你原谅我仍然不能
将一首祝福的诗写得甜蜜。
毛毛，十年还不到，曾经照耀我们
过河入林的星星都已焚烧
毁尽，正如那入汛以来的长江
稀释了我们的亲密。
我将接受一段祷文的再教育之后，
乘着那最后一片薄冰渡江
回到皖南，见证你的喜悦。
"谁把请柬折成军令的形状，
言辞中又夹带着初夏的羞怯。"

六月的铜陵苍苍如盖，像镂空的
绿肺倒置。一座城市折叠
在自己的绿里，苦练还魂之道，
末了居然依靠一片树叶

残存的象形记忆得以复活。
　"这绿并未因江水的流逝而褪色，
一如我们以灰烬做底色的友谊。"
毛毛，好像这绿是林中一种拒绝
引力的细溪，经木射线的筛选达到
罕有的纯洁，就连保管月亮的
沙利叶都曾向我暗示对你的嫉妒。

孪生的黑暗

暮色，像伏兵，夹带着
被电流追击的鱼群渗入室内。
黑色渐渐变浓，像圈套
一点点收紧。我在屋内
逡巡，像个面临溃堤的看守。
　"你的膝盖比堤坝更需要绷带。"
鱼群绕着我的膝盖游弋，
伴我一起避难，仿佛它们
是我未曾相认的姐妹，
和茶几上的核桃一起，
仿佛我们来自同一枝多病的果木。

半夜里我剥核桃，填补我
无核的躯体，球面的道道歧途
满是引诱。"让人惊叹，
一种骨头等于它自身的法器。"
　"还有僧侣避在黑暗中打坐。"
　"虽然只有发光的星球才有浮力。"
我逐渐明白，我的居所
是另一种核桃，里面同样漆黑，
像是往日阴影的总和。

孤山拟古，寄林和靖

我已回乡多日，想必清贫的
先生也只好退回西湖。
"整个国家都浸泡在税赋之中，
而只有西湖是免费的居所。"

那日，我拜访孤山，想请教你
植梅的手艺。石碑上新发的
青苔暗示我：你出了远门。
兼职门童的鹤落在亭尖告诉我，

你是连夜出发的，回江淮防洪。
"像还一笔年轻时欠下的债。"
"筑堤不如给积雨云做扳道工。"
"入伏以后当月夜翻耕，

锄开月光的瞬间完成扦插，
开出的花才能雪般白，还要
种得整齐，如韵脚一般。"
它高傲的样子颇像台起重机。

它还说整个七月，它都不曾
飞出孤山，因为不忍心
对着发胖的西湖照镜子。
做错觉的帮凶。"月光落在

枝头，像层薄雪。"话音停驻
在你坟边的一截枯死的梅枝上，
它在梅季长出了野菇，仿佛
你经手之物朽烂后仍有奇力。

迎新诗

好几次，在胎心监护室外，
我曾听见你有力的心跳，

你在羊水里吐泡泡，咕噜
咕噜，仿佛水即将煮开，

你也有一颗滚沸的心灵么，
覆盖我的小天使，

你多像妈妈从瓶里倒出的秘密，
是你让我更爱这衰变的乌托邦。

我只准备了一只倒扣的
汉语之钵，你要自己撬开它，

它的空将喂养你长大，
像妈妈这样，像爸爸这样。

失落的女巫

她腿落下残疾后，鲜与进城
做工的妇女来往，避免失落
被交谈放大。秋收之后，
她整日流连收割完的稻田，
"总有遗落的稻穗，多得像
两鬓白发所牵动的悲哀。"

几乎每一次，她都将身体折弯
到极致，有时索性跪下，
像是服软，仿佛低头就能获得

荫翳，又像是报恩，"简单的
重复之中我终于明白为何
我所见过的石佛都是断了头的。"

那只蛇皮袋像是装满了星宿，
"重量仅次于她的呼吸。"
这叠加的重物分担了她的病痛。
"它们从未后悔在此间坠落，
就好像田野是星星的游乐场，
而稻茬是唯一的暗道入口。"

直到暮色变成她不合身的外套，
她回到伏在寒露之下的屋顶，
等待月亮悬高时似有规律地
铺开那些经她之手打磨过的谷粒，
那一刻，她多像名女巫
瞬间就复原了那张失传的星图。

少女建筑史

二〇〇三年，屯溪的雨仍是一种甜食。
那天，成群的铅色云朵之下，
你在巷口接我，石条被檐水
冲洗得发亮，仿佛本地刚经过
一场骚乱。实际上，小城平静
连石缝之间尽是四邻虚掷的
时间之灰，甚至没有旅尘。
你说那就是你家和燕子合租的

半栋徽式老宅。外墙黑乎乎的，
好像瓦片是位不肯懈怠的染匠。
"燕子刚外出谋食，巢似有余温。"

穿厅堂而过，楼梯折叠了你
潮湿的鞋印获得了幽暗的风格，
可是你利索地登上二楼缓冲了
它的逼仄。"全是骨架的房子，
真空的灯代替了实心的火焰

撑起了整栋楼里成捆的黑暗。"
书桌的四只脚在等你的步调
摇匀，无论卡带摆在怎样的位置，
都不能阻止歌词和浪漫派诗人
自如地栖身那自甘黑暗的房梁。
格子窗外，云取代了水塔
给天井中的青苔充当缺席的句芒。
我看见了檐溜中间的分水岭

和黑色的正逼近我们的雪崩。
"我视其为告别的预示。"
此刻，我在记忆变皱之前留下
拓片，而你在松江的新房内
读这首诗，四壁白得让我相信
它和我当年所见属于同一次雪崩，
它将我们拆散，又个个合围，
将我们困在这崭新的废墟上。

暮春夜晚的两种风格

1
暮春，在暗夜之中练习辨声
成为我新增的一门晚课。

超载的卡车驮着的不论是沥青
还是即将被植入脊梁的混凝土，

无一例外地，拖着疲惫的车斗
朝我睡眠的浅海里投掷礁石，

似乎是要试一试我焦虑的深浅，
试一试舵手的耐心有多少存余。

扶着窗帘缝隙漏进的光柱起身，
我看见：路灯的数量没有变化。

连夜的激战，都不曾出现逃兵，
"它们早已适应了漫长的黑暗。"

2
我时常回想往事，好像所有的
回忆都包含对自身处境的怜悯。

想起在堕落的皖南，统治暮春
长夜的声音有以下三种：

晚归的人掀起的狗吠，蛐蛐
求偶的叫唤和一亩亩的蛙鸣。

"声音如果不是山体幻化而来，
那山巅为何一年年削低了。"

那些乡居的日子，我很晚睡去，
直到蘸满幸福的露水形成；

我很晚醒来，常常因为母燕回巢时，
泥穴里的雏燕发出的那阵阵骚动。

冬日吴大海观巢湖

那次在渔村吴大海，我学会了
两样本领：倾听和惋惜。
山路的曲折仿佛在提醒我们
可能来到了语言的边陲，
湖湾像一张弓，蓄满了拓荒者
投身渔业的激情。远远地，
耳道之中就被倾注了波浪
投掷过来的数不清的白刃。

向南望去，视线穿过树枝之网
落入湖面，树枝摇曳，不知
是因寒风而生的颤栗还是
因为夜巡的矮星霸占了鸟窝。
所以通往湖边的小径满是枯枝，
踩得作响，像壁炉里柴火的
爆裂声。"枯枝，轮回的抵押物。"
响声持久，和祈祷一般古旧。

"无论你对沙滩的误解有多深，
都不会削减波浪的天真。"
湖底仿佛有个磨坊，浪托举着
不竭的泡沫，像个女巨人
翻开她的经卷，续写每个
何其相似的瞬间。"镶钻的浪花，
是一种离别时专用的语言，
仿佛告别是它唯一的使命。"

最后，暮色混入了愉快的交谈，
我们起身时，注意到了星辰
隐秘的主人，发髻散乱的稻草人

独自回到石砌小屋，饮下
一次追忆之前，他指挥群星升起，
他并不打算将口令教授予我，
直到我寄身山水的执着赛过湖水
亿万次没有观众的表演。

（赠黄震）

时差的友谊学

像一张立体地图，你的登山包
混装着铜梁和密歇根的风景、土豆
能同时作为食物和货币的西海固
以及一位民谣歌手发胖的愤怒。
你曾违背了迷途之人的规劝，
冒着霾用航线缝补了友谊的时差。

"变矮的巫山切割了重庆，南边是
戏台，北边适合作烽火台。"
记忆像坝区的水面，逐年抬升：
"沉默的巫山像浸泡过的草纸
风化得过快，中风病人般松垮。"
此刻，你回到密歇根这样写下。

"那松垂的纬线，好像正是我们
交替值守的并不严密的战壕。"
我所见的晚霞和你所见的朝霞
好像正是同一块幕布的两面。
两边的差异足以证明世界是斜的，
好像东半球的局部泄露了底气。

昨夜，地球转得缓慢，似有

心事。西半球夜空扎堆的星星
被包扎月亮的绷带打磨得发亮。
窗外，入赘美国的三峡乌啼
照样唤醒你指甲里的十座巫山，
前提是潮汐在梦魇里获得特赦。

如果浅湖里的雪能如约地消霁，
你定会看见去年夏天我们
相聚时遗落的那只喝醉的酒杯，
它不知疲倦地叩问那无辜的
湖岸线，就好像涟漪不停顿地
迭代就是友谊不衰的秘门。

（选自哑石主编"诗镌"丛书 2017 卷之《诗镜》，成都时代出版社 2018 年 1 月第 1 版。）

《浴 ~ 仰望》 王洪云

50cm×150cm 布面油画 2012 年

诗集诗选

余笑忠诗选

/ 余笑忠

仰望

有时，你会手洗自己的衣服
你晾出来的衣服
滴着水

因为有风，水不是滴在固定的地方
因为有风，我更容易随之波动

我想象你穿上它们的样子
有时也会想，你什么都不穿

那时，你属于水
你是源头
而我不能通过暴涨的浊流想象你

那时，你属于黄昏后的灯光
我可以躺下和你说话

而倾盆大雨向我浇灌

从来如此：大雨从天上来，高过
我，和你

"一个男人在树下睡觉……"

"一个男人在树下睡觉。一只核桃落在他头上
他说：幸亏落在我头上的不是南瓜，要不然
我死定了。"
我跟着影片中的阿富汗小男孩念，念

佛在耻辱中倒塌。落在佛像身上的
不是南瓜、核桃，是佛未曾见识之物
在处处抱持同归于尽的快意，重磅炸弹
给千年佛像致命一击

欢呼声来自据守废墟和洞窟的那些男孩
他们玩战争游戏，先是扮演塔利班
后来扮演反恐的美国大兵
他们以象征手法变换手中的利器

核桃会不会摇身一变
南瓜会不会摇身一变
佛像沦为瓦砾，瓦砾沦为
孩子们俯拾即是的子弹

寄身于高楼之间，这里没有人在树下睡觉
没有人像释迦牟尼，在树下长久地冥想
一只蝴蝶从窗前飞过，高过树杪
高过我们灰色的楼群……它高飞是为了什么

一只蝴蝶之后，是蜜蜂
是若有若无的雨丝……我乐于在窗前
向你复述偶然所见：半空中的小斑点
一如你身上的小斑点

而忘却
南瓜与核桃之比较
枪炮与针眼之比较
他人的不幸与你我之比较

2010 年春，云南的愁容

孩子们端着碗，他们被告知
要稍等一会儿，等浑水里的泥沙
沉到碗底
然后再喝

孩子们双手捧着碗，这是他们
在饥渴中领受的一碗水
他们捧着
又平又稳

多么好的地方
那是从前。他们不知道
从前有多么好
今年，又有多么突然

小心地喝完一碗水，孩子们
小心地用手指将碗底抹干净
在他们看来，手脏点无所谓
可以往衣服上擦，可以
往对方的脸上擦，但不可以

往一张白纸上擦

愤怒的葡萄

干瘪、皱缩的
我们吃，我们吃
一颗颗微缩的老脸

酿为酒液的
我们喝，我们喝
如歌中所唱：让我们热血沸腾

落在地上
任我们践踏的
我们踩，我们踩，一群醉汉起舞

当野火烈焰腾起，每个人
都有向那里投去一根木头的冲动
投掷的冲动

仿佛真有一种葡萄，叫作愤怒的葡萄

给它一针！

一个僧人端着满满一盆水
另一个僧人投针于水，默无所言
在不可说之境，直落盆底的
那根针！

老智慧里总有那么一根针

手倦抛书。我分明目睹

满世界都是被打翻的
坛坛罐罐。只剩下一架
眩晕的
飞机（灰机）。沉重
沉重如死鸟，那少年
双手捧着的一只。他哀求过：能不能
给它一针

祭父辞

鸡鸣五遍之后，又一个清晨
你要到市集上去，为幼猫买鱼
顺带给家里买菜
反过来说也没错：你为家里买菜
顺带为幼猫买鱼
一路上，你同熟识的人打招呼
喊他们的小名、诨名
你的电动三轮车上，捎带着一个小女孩

又一个清晨，我在数百里之外洗漱
一个似曾相识的电话号码令我措手不及
我被要求，以最快的速度，回家
"最快的速度"！天旋地转的速度
崩塌的速度。火苗微微一颤
转而熄灭的速度

你与自己的老迈之躯作对
纵然道路平坦。在格外平坦的路上
你的电动三轮车突然冲下河堤
没有人知道，你那把老骨头撞向何物
闻声赶来的堂弟将你抱在怀里，你说
"这回我死定了，儿"

你为自己的意外之死感到羞愧
你要借自嘲给老迈之躯挽回
最后的颜面

父啊，再也没有令我欣悦的清晨了
我羞于将这些无力的喃喃自语
罗列成诗行。我宁愿
是我把你抱在怀里，哪怕
不得不听你说最后的那句话
"这回我死定了，儿"——你以临终的平静
阻止我们夸大你的不幸

我宁愿是被你捎带着的那个小女孩
她和你一同翻滚落地，但拍拍身上的灰土
一溜小跑就赶到了小学，她会一如往日
拿出纸、笔和橡皮擦。这一天
才刚刚开始

猫和老鼠

父亲走后，家中的耗子多了
人气一少，耗子也来欺负
孤独的人
与母亲为伴的是一只猫
没有鱼肉伺候，它连差事
都懒得应付。或许是
寡不敌众吧

母亲的睡眠不大好
各个角落的耗子，看不见，赶不走
像一件一件烦心事
我在梦中杀过耗子，杀过猫

或许我对猫的憎恶
超过了对老鼠
我梦见过一只光溜溜的幼鼠
爬上我的脊背，那种冰凉
超过了肉身经受的所有冰凉

乌龟想什么

孩子们逮住了一只乌龟
把它的身子翻过来，让它四脚朝天
又在龟甲上放了一块石头

孩子们猜测：乌龟想什么？
假如乌龟能想，它会不会
后悔：与其有坚硬的甲壳
不如有修长的四肢，即便要死
也会四肢交叠，整理最后的仪容

蓝天平静、高远。乌龟
又能想什么？它有无法挽回的过去
像一块石头压着它，它的甲壳
原本就像石头。一只乌龟
从来就不能
好好抱一下另一只

二月一日，晨起观雪

不要向沉默的人探问
何以沉默的缘由

早起的人看到清静的雪
昨夜，雪兀自下着，不声不响

盲人在盲人的世界里
我们在暗处而他们在明处

我后悔曾拉一个会唱歌的盲女合影
她的顺从，有如雪
落在艰深的大海上
我本该只向她躬身行礼

目击道存

阳台的铁栏杆上有一坨鸟粪
我没有动手将它清理掉，出于
对飞翔的生灵的敬意
我甚至愿意
把它看成
铁锈上的一朵花

173 ·

木芙蓉

如今我相信，来到梦里的一切
都历经长途跋涉
偶尔，借我们的梦得以停歇

像那些离开老房子的人
以耄耋之年，以老病之躯
结识新邻居

像夕光中旋飞的鸽子
一只紧随着另一只
仿佛，就要凑上去耳语

像寒露后盛开的木芙蓉
它的名字是借来的，因而注定
要在意义不明的角色中
投入全副身心

音乐的起源

肉身是一间黑屋子
灵魂在旁边裹足不前
神在黑屋子里放了一把乐器
音乐响起，灵魂随之起舞
进入那屋子。那人
载歌载舞，焕然一新

我想这传说
不只是特指萨塔尔琴、萨玛舞与维吾尔人

梦醒后
——仿佩索阿

有时，来自梦中的隐痛
更甚于现实的打击
那梦境太过真实，不由让人相信
似是未来的预演
或是未竟之事
隐去的台本
那梦境太过透明，像深夜海面上
缉私艇的强光照射之下
连海鸟的影子
都变得形迹可疑，以至于
从梦中醒来的人
不得不双手掩面，一如罪人

……如此真切

在梦里现身的人，一如初见

在梦里温过的酒，近在唇边

唯其如此，更加乌有

唯其如此，你从梦中人变为偷窥者

而梦境终归含混

像烈火过后，未曾燃尽之物

以缓缓飘散的轻烟，另谋出路……

废物论

我弯腰查看一大片艾蒿

从离屋舍之近来看，应该是

某人种植的，而非野生

药用价值使它走俏

艾蒿的味道是苦的，鸡鸭不会啄它

牛羊不会啃它

站起身来，眼前是竹林和杂树

一棵高大的樟树已经死了

在万木争荣的春天，它的死

倍加醒目

在一簇簇伏地而生的艾蒿旁

它的死

似乎带着庄子的苦笑

但即便它死了，也没有人把它砍倒

仿佛正是这醒目的死，这入定

这废物，获得了审视的目光

偏见之诗

拉小提琴的爱因斯坦

还是爱因斯坦
骑马的加加林
似乎不是加加林

这是可笑的偏见
但至少有一千个人赞同
加上你就是一千零一个

偏见有时灵光一闪
曾让加加林蓦然想起
他在太空所见，因而快马加鞭
但拉琴的爱因斯坦
不会因为这吉光片羽乱了方寸
音乐不与骑兵赛跑
相对论不和流言赛跑

是被强大的理性世界
轻轻抖落的羽毛
还是汇聚暴雨之力
从山间夺路而出的溪流？
因而顽石、固守才是偏见？

既不为偏见正名，也不为
一切丰功伟绩加冕，那么
诗是什么？也许类似于
一个孤独的遗迹，或碎片
诚如鲍德里亚所言：
一个帝国瓦解了，独联体宇航员
还遨游于太空轨道

在朝西的房子里

从来如此，在朝西的房子里
冬天，迟来的阳光像余光
你也可以与喜阴的植物为伴
它们有修长的茎，簇拥的绿叶
但省掉了花
有时阳光洒在上面，像浇花

迷雾

在九宫山无量寿佛寺，我看到僧人种的莴苣
也是清瘦的
然后目睹一阵大雾弥漫于山腰，如此逼真，如此虚幻
在寺庙、清瘦的莴苣与夸张的云雾之间
有何因果？为何
这场景一直历历在目？十年了
目睹过多少风起云涌，多少荣枯，多少大兴土木与毁损
我并未遗失什么，并未礼佛，也不曾
许下什么愿望，在九宫山
也许那云雾是迷障，也许那莴苣
瘦得足可以上天堂
像虚弱的病人，更容易
灵魂出窍……因而提前目睹了
自己的晚景，如此虚幻，如此逼真

177
·

（选自余笑忠诗集《接梦话》，宁波出版社 2018 年 10 月第 1 版，责任编辑：晏洋。）

袁志坚诗选

/ 袁志坚

青海书

1

在恰卜恰，我看见一群羊
转场。夏季要结束了
在牧羊人眼里，风雪总会提前到来
而每一头羊已作好了标记

在山口，我看见一群牧羊人
转敖包。一个家族难得团聚
他们穿上了最美的衣裳
祈祷祖先的灵魂栖息之地水草丰茂

在贵德，我看见黄河
转弯。它清澈充盈如童年。出了松巴峡
就开始泥沙俱下
开始泛滥或枯涸，开始咆哮或呜咽

在青海，我看见自己的转蓬身
暂且抽身于人群外
"人情日凉薄，至德竟荒丘"
我走向人迹罕至的戈壁、沙漠和雪山

2
我不是那个遗忘者，在遗忘中
幻想亘古和鸿蒙
我不是那个背叛者，在背叛中
退回只影和尽头
我不是那个行吟者，在行吟中
寻找亏欠和失落

我是那个被审判者，那个辩护者
我也是那个审判者，那个驳斥者
问与答，是一粒盐结晶的过程
是一滴泪蓄住的过程

茶卡湖把灾难转变为风景
正如高原的前世是海洋
海水还留在这里，秘密从未消失
无穷无尽的盐，浓缩了亿万年
从低处到高处
从狂涛到潜流

我看见苦涩与纯净同为一体
我看见盐湖与雪山光芒无异
那未曾加工的语言
那无需问答的坦白
在阳光下，让眼睛成为前世的海洋

179 ·

3

在一望无际的荒凉中
空气越发稀薄，大地近乎裸露
骆驼草、芨芨草、罗布麻、胡杨林……
幸亏这些植被，遮掩着大地的秘密
幸亏这些爱的根须，抱紧了脆弱的泥土

那么，死亡就是秘密的流失吗
死者带不走自己的秘密
一个人的死亡，不是肉身的一次性消灭
而是被他人的记忆一点点清除
如果一个人的秘密还活着
它在大地之下一定会生长根须

4

一个诗人的爱情诗，像墓志铭一样
被刻在冰冷的石碑上
他准备了死亡，就像准备了一次远行
"远方之远，野花一片"

远行是一次复活吗？是一次逃离吗？
陌生的事物打开另一个世界
那个世界不是对尘世的复制
那个世界有着尘世够不着的虚幻

远行并没有带走秘密
秘密里有邪恶也有美好
一种野花，也是一味草药
芬芳里的毒性，黄灿灿地迷人

他最终把身体贴紧大地
他最终把翅膀插上车轮

依然贫瘠的大地上
那么多野花还没有名字
那么多爱恋还没有说出

5
道路延伸向无人区
修路者以戴罪之身存活
在没有围墙的荒原，一条天堑
如一条铁打锁链，如一个严密组织

修路者活成一个一个异己者
活成一个一个囚徒
我追随他们的秘密在走
高海拔的冻土层之下
曾有一个顽强的底层社会
我追随弱者的残暴在走
人性的光芒之上
曾有一条死路隐隐约约

他们不选择死路
死路无法回头
以自身为道路
他们渐行渐远
他们还没有准备好抵达自身的
那一刻

6
在沙漠公路沿线
胡杨开辟了胡杨的道路
自远古孑遗至今
胡杨在生死之间挣扎出千姿百态

沙漠的美也丝毫不单调
每一个沙丘都是不同的胴体
然而，胡杨林和沙丘守着漫长的边界
如同自由的诱惑守着无形禁忌
如同苦难的诱惑从来都不是具体的

用确定去理解不确定
用死去理解生
用痛去理解爱
我在归途
反问出发点

7
在亲人的视线之外
才能理解倒淌河
回不去比走不远更为困顿
选择了一条道路
就是选择了一个使命

在经书的文字之外
才能理解日月山
最远的道路是灵与肉的距离
最精深的奥义
是杀死无数个假想敌
杀死无数个自己

看见这片净土
不能忽视不绝的历史烽烟
看见这片蓝天
不能忘记燃烧过的血与火
此岸即彼岸
无情处有情

再看一眼，再看一眼青海湖
它抚平了多少疼痛的目光
它截止了多少软弱的泪水
它早已把自己的疼痛
千回百转地
压在不息的波浪之下
它早已把蓝天的思念
鲜明透亮地
化为一颗坚硬的宝石

8
昆仑山上
诸神往来
没有常态
超越肉身
没有战争
超越理性
没有生死
超越时间

诸神在临渊的裸崖上
诸神在暗夜的星河中
诸神现身之际
昆仑山寂然如故
仿佛所有的善恶都未发生
仿佛诸神只是过客
仿佛诸神与山同体

9
在血液里游牧
在身体里流亡

在无常里跌宕
在假相里迁徙

终年积雪的唐古拉
像白首老人守着诫命
河流密布的三江源
像敏感处女易受伤害

秃鹫叼走尸块
鸟鼠同居地穴
肉身在坍塌中失忆
秘密消亡，何物可葬

谁给我们指示道路
谁给我们让出道路
道路在无人之境吗
道路在无我之境吗

在肮脏与圣洁之间
在生与死之间
在看不见尽头的青海
我看见被掩埋的道路
在天上，在地下，在天与地之间

（选自袁志坚诗集《以问作答》，长江文艺出版社 2018 年 11 月第 1 版，责任编辑：谈骁、
胡璇。）

槐树诗选

/ 槐树

跳房子

找一块开阔的地方，划出纵二横五的格子
算是一座房子
甲和乙分别把守左右两个单元，推动
自己的瓦片
甲经常把瓦片磨成四方形
乙的瓦片是圆形的
丢在家门口的那些瓦片
胜一局，甲就在用过的那块上刻一条槽子
乙的瓦片上做不做标记
甲不知道
甲也从来没有把在瓦片上刻槽子告诉乙
甲乙在一起跳房子
从小跳到大，直到
甲不知道乙住在哪个地方
乙也不知道甲住在哪个地方

橙子

我知道，我也会有，像你一样变臃肿的时候
把上衣的纽扣开着，穿着
黑色的马夹
我也会坐在大厅的角落，抹着泪
绝对不发出声音，顺势
左手伸进上衣口袋，掏出
烟和打火机，重复地
点火，那个时间越长越像一个电影镜头
我也会瞅着一面墙，看着纵向拉出来的
裂缝，我也会，打开
多汁的内心
把虚幻的部分，丢给蚂蚁

像闪电一样

早上接到一个电话，对方说，"喂，我是陈军"
我停顿了一会，问他，"啊，你在哪里"
我的意思是说，他怎么出现了，并且想确认他是在哪个地方突然出现的
多年前，我和一个叫陈军的，在一个单位共事
一天，他走到我的面前说，"我要消失"
他的身材矮小，在我理解他话的意思的时候
他拿一个圆锥形容器，从头套到脚上
他就那样从我的眼前消失了，仿佛人间蒸发，进入空气里
今天，我不得不接受，在北港村五公里之外的徐家棚
的确出现了一个叫陈军的人，他有过去的名字、模糊的嗓音

P070413

截至 2006 年底，围绕地球的太空悬浮着大约 14000 块垃圾碎片
2007 年 1 月 11 日，增加 1200 块，增幅为 8%

那些垃圾碎片是一些特殊的金属材料

部分能够吸收阳光，部分

反射阳光

它们在我的大脑里飘浮，有一个灿烂的背景

它们相互吸引，仿佛一种炎症，在我的大脑中构成了一片阴影

那片阴影很久以前也许已经存在

直到 2007 年 1 月 11 日，我才知道，它们已经是 15000 多块

它们带着断裂之后痛苦的形状

后半生

现在，我想喝茶的次数多一点，喝酒的次数少一点

我想喜悦多一点，愤怒少一点

我想寒冷的时间多一点，炎热的时间少一点

我想图像多一点，声音少一点

我想空白多一点，梦少一点

我想右边多一点，左边少一点

我想短缺的东西多一点，过剩的东西少一点

我想 A 多一点，B 少一点

我想 A 再多一点，B 再少一点，直到

A 多了起来 B 少了下去

A 持续多了起来，B 持续少了下去，那时

我想，B 应该多一点，A 应该少一点

我想所有的人都是容易反复的，我也是容易反复的

5 月 4 日，听白度母心咒

5 月 4 日下午 4 点 30，我起床，一个人坐在房间

四周寂静，我播放白度母心咒，一首 6 分 43 秒的佛教歌曲

播放器的音量 100%，巨大的响声使我震惊

我把音量调低到 89%，再调低到 64%

再调低到 54%，直到

11%，白度母的声音似乎在很远的地方，又似乎变成光线
照进我的内心，我把音量再调低到几乎 1%
我想保留那么一点声音，我想持续地保留那么一点声音
6 分 43 秒，在那么长的时间里，我想
她会停留在我的身体里，她会慢慢变大
我不会马上变得很胖，马上死亡

热带鱼

七条热带鱼向我们游过来
我不是一名热带鱼专家
我叫不出它们的名字
我看着它们
像一个从热带向亚热带迁徙的快乐小分队
它们在海水里
好像是在空气里
我看见第一条热带鱼的身体颜色和花纹跟后面的六条不一样
它游在队伍的最前面
而不是跟其他的热带鱼并排着
其他的热带鱼的身体像 1000 瓦的日光灯那么亮
七条热带鱼向我们游过来
直到我们不得不闭上眼睛

两个气球

两个弹力十足的气球
紧紧地挨在一起
一个是透明的
一个是黑色不透明的
从黑色不透明的气球里可以看见透明的气球
还可以看见透明的气球之外
一些物体和响动

弯曲变形
从透明的气球里可以看见黑色不透明的气球
却看不见黑色不透明的气球之外
两个气球紧紧地挨在一起
互相碰撞着
像两个孩子
像两个孩子牵着手往前走

弗里霍尔德镇

一块重 13 盎司的陨石，2 日晚上冲入纽约以南 80
公里处的弗里霍尔德镇的一所住宅
嵌在那栋房子二楼的，一堵墙上
那块陨石，被命名为"弗里霍尔德镇"
1 盎司约 30 克
30 克约一张报纸，13 盎司，大约 10 多张报纸
现在，你也许知道"弗里霍尔德镇"，究竟有多大

野花的名字

山上的每朵野花都有一个名字
形状相同却名字不同
多么有意思
有的形状不同却名字相同
多么有意思
山上那么多野花
每朵都有一个名字
却没一个人在山上
把她们的名字一个个叫出来
山上还有更多的野花
在去年或去年的去年就凋谢了
她们每个都有一个名字

她们凋谢了
而她们的名字还能够在风中发出声音
当然这是我杜撰的
她们的名字不可能发出声音
但她们每个都有一个名字
一直留在山上
没有人能够把那么多的名字
带到山下

十五就挂十五的月亮

昨天的月亮和今晚的月亮
是几个月亮
明天也有月亮
明天的月亮今晚的月亮和昨天的月亮
是几个月亮
昨天之前的月亮
明天之后的月亮
每天都有一个月亮
那么多的月亮
如果都挂在天上
那挂得下吗
老王说，今天就挂今天的月亮
如果是明天，就挂明天的月亮

给石头浇水

给一块石头浇水
天天给一块石头浇水
浇一次两次三次四次
浇无数次
不断地浇下去

你们说
石头还是石头
但是在我的心里
它是一块会喝水的石头

自画像

我用白色的颜料
在白纸上画
我的自画像
我把白色的颜料涂在白纸上
我的头发是白的
我的脸是白的
我的整个身体是白的
我的朋友你们看
连我的表情也是白的
其实我是想告诉你们
我的内心是白白的
我想如果我在纸上禁不住流泪
那么我的眼泪
应该也是白色的

正月十五楼子岗夜空上的孔明灯

一个人把孔明灯送到他们的头顶
他们仰望着孔明灯
他们隔壁的人看见了
也都仰望着孔明灯
孔明灯在天上飞
看见了孔明灯的人
他们都仰望着孔明灯
看见了孔明灯的人

把屋子里的人叫出来
一起仰望着孔明灯
所有看见了孔明灯的人
都在仰望着孔明灯
直到孔明灯飞到了
他们仰望也望不到的地方

无题

我先是坐在靠背椅上
接着我把背靠在
靠背椅的靠背上
我的上半个身子
朝椅子的右侧倾斜着
我闭着眼睛

我用右手托着右脸颊
我用左手盖着左脸颊
我把大半个身子缩在
靠背椅子里
我感觉只有这样
我才能体会到
那个叫虚无的东西

（选自槐树诗集《给石头浇水》，长江文艺出版社 2018 年 4 月第 1 版，责任编辑：谈骁。）

域外

图维亚·鲁伯纳诗选

/ [以色列] 图维亚·鲁伯纳　李以亮译

　　图维亚·鲁伯纳（Tuvia Ruebner 1924-），1924年生于斯洛伐克首府伯拉第斯拉瓦一个半世俗的犹太家庭（他的父亲是共济会成员）。他只完成了9年的学业。在犹太人被禁止上学后，他成了一名电气学徒工。1941年，他移民到当时英国托管下的巴勒斯坦，最后定居于一个基布兹（相当于公社的一种集体农业形式）。但他仍然坚持用德语写作了十多年（以此保持与"亡灵"的对话），直到1957年才出版了第一本包含15首希伯来语诗歌的诗集。鲁伯纳在大屠杀中失去了他的家人，而他的妻子和儿子后来的命运通常被认为是属于个人的、无历史意义的悲剧：第一任妻子在一次车祸中丧生，儿子则在南美旅行时失踪。所有这些丧失都重现在这位以诗为祖国的诗人的诗中。鲁伯纳是海法大学比较文学荣誉教授，也是翻译家。他获得过众多文学（诗歌）大奖，在以色列国内，有安妮·弗兰克奖、耶路撒冷奖、以色列总理文学奖（两次），以及最重要的以色列奖。在国外，则获得过斯坦伯格奖、瓦格纳奖、肖肯奖、策兰翻译奖、希莱克奖、克莱默奖。

我的父亲

　　他每天换一套衣服
　　衬衫，内衣，袜子，鞋子，所有。
　　他对我们却从来没有换过心肠。
　　每天午饭后，他会在沙发上
　　精确地休息10分钟

或者 12 分钟。他从不隐藏

抽雪茄（每天六支）的烟灰

在他的英国织物上烧出的洞。他还抽香烟

40 支"埃及人"（奥地利烟草专卖品）

装在一只橙色的薄纸包里。

他曾有过一次烟草中毒。

在书架玻璃后面，乔伊斯的《尤利西斯》紧挨着海涅。

这本书是他订购还是收获的一份礼物？

他每天的线路，不过将他带到办公室，然后返回。

星期天的散步，雷打不动，手握手杖，穿着灯笼裤，

走出一两公里，到达铁盖井附近的

森林小客栈，他后来把这叫做徒步远足。

他的手，许诺了宁静，他的眼——一个更好的未来。

而我从未得到过像他那样的信仰。

他担心吗？作为一个骄傲的共济会成员，

他从不透露他的秘密。他制定计划

几乎都已付诸实施。他，一个原只会戴上手套乘火车

手握刀叉吃三明治的人，不出意料

将会成为一名家禽场的主人，清理锡安山附近的粪便！

战争毁掉了一切。

当我们在火车站分手，他站在一边，

独自默默流下泪水，他留下的仅是

一只手的挥动。

我在梦中见过他一次：一个白色的洋娃娃

裹在灰泥里，后背笔直，在来自多瑙河方向的

一列拥挤的火车车厢的巷道里。

此刻他在墙上看着我，他的眼睛似乎在问

我是否知道，是否真的知道，没有人

能将生命从死亡中分离出来，而有时语言什么也不是除了

对丧失的哀悼的温情。

寄自耶路撒冷的明信片

耶路撒冷离开耶路撒冷跑开了。
站在那里的那个东西，肯定不是耶路撒冷吗？

寄自普莱斯堡（布拉迪斯拉法）的明信片

普莱斯堡就是布拉迪斯拉法就是波若尼 [1]
对我来说，它是普莱斯堡。
我的老师乌尔姆先生，在我的小学
从抽屉拿出一张班级合影，用手指着：
这是一个纳粹分子，这两个也是。那一个
特别残忍。这个人死于俄国，
这一个被驱逐出境。哪些犹太学生
幸存了下来，至今还活着？——我不知道。
普莱斯堡是一个拥有三种语言的城市。第四种语言
是沉默。
对于邪恶有过任何限制吗？
普莱斯堡坐落于多瑙河畔，在喀尔巴阡山脉的边缘。
邻近的大教堂是一种摩尔式风格的信奉新教义的犹太教堂。
鱼市广场在下面展开
犹太人的街道则在它的上方。多瑙河奔流，一如既往。
我老了，只能向前缓慢挪动步子。
我出生在普莱斯堡。我有过一个母亲、父亲和姐姐。
我有过，对我来说，似乎快乐的短暂的童年，在普莱斯堡。
有一回多瑙河整个结冰了。
凯尔特人在这里建造了堡垒，正如大摩拉维亚的
王子们所做的一样。罗马人把这个地方称为

[1] 普莱斯堡是德语的名称，即现今斯洛伐克首府布拉迪斯拉法。波若尼是匈牙利语名称。从 1536 年到 1783 年，这里是哈布斯堡王朝统治下的匈牙利王国的首都、奥地利皇室的行宫。位于小喀尔巴阡山麓中南部多瑙河畔。曾有许多斯洛伐克人、匈牙利人和德国人生活在这里，他们各自拥有自己的语言。

波索里乌姆。一个非常古老的城市那么老，我也不能知道得更多。

再见，我的爱，真是难以想象。

寄自苏黎世的明信片

苏黎世摩擦着苏黎伯格[1]。

苏黎世不喜欢被从皮毛下挠痒。

苏黎世喜欢秩序、勤劳、过分的殷勤

或热心肠，但是率直，公平，大约

是这样。谁又不在乎利润？发光的东西并不

都是金子。苏黎世不发光。它是冷静的，不喜欢

猜测，猜谜语。苏黎世喜欢事实，班霍夫大街，

圣母教堂，往斯托申，客人更多，并不总是

诗人，毕希纳离世时的房子，列宁也住过。艺术博物馆。

在玉特利山 137 号。

一个老人若能说出它们的名字——那就足够了。

一个词——整整一辈子。

在这个已然成为记忆的井然有序的

城市里，坚持秩序可不容易。记忆

当然会突然浮现，隐匿，跳跃。很难抑制。

在记忆里，死亡是哑口无言的。他没有说话的权利。但是

苏黎世也发生了变化。我们

改变得更多。最后，苏黎世仍然是苏黎世。

它没有被耗尽。它不往回看

带着一种不确定性。苏黎世湖不会放弃它，

即使在阳光明媚的日子，它仿佛就要展翅飞翔。

我几乎忘了：在苏黎世，我们这些人仿佛都还在，

在一起，坐在一张桌子边准备晚餐

一个接一个，我们所有人。

---

[1]　苏黎伯格，苏黎世的一个区。

寄自希伯伦地区的明信片

希伯伦是一个非常古老的城市。

我们的父亲亚伯拉罕和他的妻子撒拉就埋葬在那里

他们说。对于一个无惧死亡的地方来说，非常神圣。

在希伯伦，他们早上吃皮塔饼、橄榄和浸在橄榄油里的白干酪。

在节日里，供奉一只羔羊。

希伯伦人喜欢杀戮。

他们是从雅各的儿子西缅和利未[1]那里学会的吗？

那是

很久以前了。

这些事情发生在纳布卢斯；与杜拉和希伯伦地区不同。

在杜拉今天有三个父亲，对他们的孩子来说，失踪了。

希伯伦地区名声不佳：它是一个倔强固执的地方。

1929年，68名犹太学生、妇女和儿童被杀害于希伯伦。

噢，亚伯拉罕的坟墓，我们的父亲（他们说），我们和他们的父亲。

噢，年轻的被吓坏的士兵们。噢，1998年3月20日。

月亮几乎是满盈的，仿佛白天一样。希伯伦地区的工人

骑车回家。在塔库米亚的希伯伦路，有一个检查站。

士兵们站在检查站。那辆小汽车的司机失去了控制。那车

冲向了检查站。检查点的指挥官

被撞伤，身体向相反的方向飞出。

另有一个版本的说法。

士兵们认为应该对他进行复查。

很难知道究竟该相信谁，相信什么。

他们瞬间开了火。

根据指令。根据命令。

发生得那么快。太快了

一个人变了形，成为别的东西：

一动不动，一副石膏似的脸，玻璃似的眼。

---

[1] 据《圣经·创世记》，雅各与拉班的长女利亚所生的次子西缅（以色列西缅支派的祖先）和利未，用刀剑杀尽了示剑城中的全部男丁。

或软弱无力的手臂，嘴不是在说话而是尖叫。

昨天还有更多的皮塔饼和橄榄，也许，黎明前还有过性事。

昨天还有更多的对数，历史，海滩上的少女。突然

道路上一片血红。月亮几乎是满盈的，白得像骨头。

来来回回地奔跑，叫喊，向前奔跑，然后，是石头。

石头会再生吗？慢慢地，无法阻止，石头在繁殖，石头在倍增。

黑白照片，1939 年夏天

他们都在这里，斯洛伐克青年运动时期我的朋友们

七十年来，一直看着我的眼睛。

不，不是所有的人，有几个人在互相逗笑，一个

摆弄着一面小旗，有一个女孩转过了

她的头。作为背景的森林都已变灰。

我只记得一些人的名字。

阿姆伦，希姆森，在山顶上，然后，是艾丽，非常漂亮，

还有耶霍舒亚，有些梦想家的气质，格尔森，头戴一个大头巾

就像一个西班牙人，或印第安人，梅佐试图隐藏起来，

杜布科———一直在微笑，戴着眼镜。

下面，阿雅和西姆查，在第一排。

上面一点，在他们的中间，迈克尔和加夫瑞尔，柴姆

一个大胆又犹疑的人，还有我，没有穿衬衫。

没有一个人，能从这里逃出去。没有一个人。

我们是在徒步旅行，想在此小憩一下，快乐无比。

整个未来铺开在我们面前。

在你面前，雨

在你面前，古老的雨

你的后背有一股暖意，你站着并想到

一生需要的

词语是多么少。

你想着见过这一切的他，他的脸

已化作风，叶子的坠落，以及

打在玻璃上的雨。

诗

现在绿色已被创造出来
而这是好的，这是好的。
一只鹡鸰穿着灰外套和黄背心
同意地点点头，
尖木桩上腾跃的小鸟
已经飞回，并将再次飞回。
两条蜥蜴来了又去了
阳光闪烁，逃亡者的至福，
愿他蒙福
为他创造的荣耀。
现在山核桃抖落了叶子
绿色的诗行点缀在空中
顽皮的云朵勾引着
惊愕的蓝天的灵魂
一首诗，以其破碎的形式，给
一颗心，给不知道的其他什么，带回一颗心。
当我到达时，那地方
当我到达时，那地方
满是灰尘。没有青草的
痕迹。没有
一片叶子。几棵灰色的树立在
这里、那里，裹在
丧服和尘埃里。在梦里我看见
我青春的河流，我的森林之夜。现在
一切都是绿色的。在梦里我看见
满是灰尘。
我不是那个人
我不是你要寻找的那个人。

我穿过了大海，和之间的石头。

一场恶风刮着。

很快扁桃树就要开花，很快。

群山将会起舞。请等一会儿。

我不是那个人。钟声响起，

沉重的帘子拉起，睡眠

将轻盈地摇晃在眼睑上。我不是那个人。

你将徒劳，在这些灰烬中筛选。

我不是你要寻找的那个人。

老大卫王

我的眼已看得太多。

太多的国家淹没了我的精神。

我是命运的经线和纬线编成。

摸摸索索，我的不平静的双手

曾经熟悉剑的杀戮、弦的颤抖——

如今在沉寂的黑暗中咕咕噜噜。

我冷极了。在我的灵魂深处

我已结冰。我是否会再次站起

走向书拉密温暖的、呼吸的

身体，它使我还能暂离死亡

还能有一个被死者的精灵浸透的夜晚？

月亮飘浮在静止的薄雾中

而我的头靠着她的头发，我的

头里，跳动着

血液的话语，很久以前

那曾是我心里美好的赞美诗。

奇妙的世界

即使你有一千个反对的理由——世界是奇妙的。

比如：我们生而会死——这是多么邪恶！
但是，在此之前——多么奇妙的一个世界。
奇妙的是它所揭示和隐藏的事物。
奇妙的是它日复一日所创造的，夜复一夜它毁灭的，
穿透黎明凉而薄的皮肤的阳光
以及以彩虹的颜色为背景的所有一切。
奇妙的是早晨你活着醒来，奇妙的是你的身体
到达了这个辉煌的时代。
奇妙的是捕食者的牙齿精确固定在猎物的肉体上，
祝福和咒语，彼此拥抱。
第一场雨已在九月初落下就像一堵空气的墙——这不是很奇妙吗？
而你还看到瓢虫（一种奇妙的虫，不可否认）
爬上了风信子的顶端（仿佛登上了山顶
在约塞米蒂国家公园的埃尔卡皮坦山或伯尔尼人的
阿尔卑斯山北壁），而且，没有损失它背上的一个斑点。
这难道不奇妙吗？一万亿年前的火和冰块
窥视着你就像透过幕后一个孔洞窥视的演员之眼
闪闪发亮，闪闪发亮。
奇妙的是大地上长出的细长的绿茎
最后变成餐刀边缘上
你和我享用的面包。

（选自《诗刊》2018年第7期上半月刊，责任编辑：赵志方。）

寒山诗二十四首

Cold Mountain Poems

/ 加里·斯奈德 英译　柳向阳 中译

寒山诗进入英语诗歌，斯奈德译本风行一时。我的翻译目标，是把斯奈德译作当作现代美国诗，译入现代汉诗。斯奈德译作略显美国化，此等译"误"，我也将误就误！寒山有时以诗证佛，在斯奈德译本里不明显时，我也尽量不选用佛教词汇。从寒山原诗中，译者沿用了"草庵""五阴"等几个合用的词语。无论如何，寒山诗作三百首，斯奈德选出的二十四首，还是有眼光的。

——柳向阳

一

通往寒山那地方的路，令人发笑，
一条小路，而没有车马的痕迹。
峡谷在此汇聚——曲折得难以追踪
杂乱的峭壁——险峻得难以置信。
一千种草因露水而弯了腰，
一山的松树在风中鸣响。
如今我已迷失了回家的小路，
身体在问影子：你怎么跟上的？

二

在悬崖一角，我选了个地方——
鸟道，而没有人的足迹。

那地方之外是什么？
白云依恋着模糊的岩石。
如今我住在这里——多少年了——
一次又一次，春天和冬天过去。
去告诉有银器和几辆车的人家
"所有热闹和金钱，又有何用？"

三

山上寒冷。
一直很冷，不只是今年。
嵯峨的陡坡永远被雪覆盖
树林在幽暗的沟壑间吐出薄雾。
六月底，草还在发芽，
八月初，树叶开始飘落。
而我在这里，高高山上，
极目凝望，但我甚至看不到天空。

四

我策马穿过这圮毁的城镇，
这圮毁的城镇让我忧伤。
高高，低低，老护墙
大大，小小，旧坟墓。
我身影徘徊，独自一人；
甚至听不到棺材的开裂声。
我同情这些平凡的尸骨，
在不朽者的书中，他们籍籍无名。

五

我想找一个好地方栖身：
寒山应是个安然之地。
轻风在一棵隐藏的松树里——
近听——声音更悦耳。

在树下，一个花白头发的男人
喃喃地读着黄帝和老子。
我十年没回过家了，
甚至忘了当初来这儿的路。

六
人们打听去寒山的路
寒山：没有路通到这儿。
夏天，冰不会融化
初升的太阳在迷雾中模糊不清。
我是怎么来的？
我的心跟你的不一样。
如果你的心像我的心
你就能找到路，来到这儿。

七
很久以前我在寒山安下身，
仿佛已经过了许多年。
自由地走动，徘徊于树林和溪流，
流连，观看万物自身。
人们不会大老远到这山中，
白云聚合，翻滚。
细草做了一张床垫，
蓝天成了一双好棉被。
快乐地躺在一块石头上，
一任天和地自个儿改变。

八
攀爬寒山的小路，
寒山的小路没有尽头：
长长峡谷塞满碎石和巨石，
宽宽小溪，薄雾迷蒙的青草。

青苔湿滑，虽然不曾下雨
松树歌唱，但没有风。
谁能跃出世间的束缚
和我一同坐在白云间？

九

昏暗又不平——寒山的小路，
锋利的卵石——结冰的溪岸。
啾啾叫个不停——总有鸟儿
凄冷，独自一人，甚至没有一个旅人。
鞭打，鞭打——风捆着我的脸
旋转又乱撞——雪积在我的背上。
一个又一个早晨，我看不到太阳
一年又一年，没有春天的迹象。

十

我已经在寒山住了
这漫长的三十年。
昨天我拜访亲友：
一大半人都归了黄泉。
慢慢耗完，像火燃尽一支蜡烛；
永远流淌，像河水永不停息。
此刻，清晨，面对自己孤单的身影：
突然间，我的两眼泪水模糊。

十一

碧溪中春水清亮
寒山上月光洁白
沉默的知识——精神照亮自身
思索着空虚：这世界超越寂静。

十二

在生命中前三十年
我漫游了千百里路。
顺着河流走，穿过深深绿草，
进入红尘沸腾的城市。
尝试服药，但无法长生不老；[1]
读书，写咏史诗。
如今回到了寒山：
我将睡在小溪边，让两耳清净。

十三

我无法忍受鸟的歌唱
这会儿我要到我的草庵里休息。
外面樱桃开花猩红色
柳树吐芽毛茸茸。
清晨的太阳驶过蓝色群峰
明亮的云朵清洗绿池。
谁知道我出了尘俗世间
正攀爬寒山的南坡？

十四

寒山有许多隐藏的奇迹，
攀山到此的人总受到惊吓。
当月光照耀，水闪烁清亮
当风吹起，草唰唰——沙沙。
光秃秃的梅树上，是雪的花朵
枯死的树桩上，薄雾般的树叶。
一经雨的触摸，全都变得鲜活。
时节不对，你无法涉过溪流。

---

[1] 唐人有炼药服食的习惯，所谓仙药亦有多种，如白居易《思旧》诗所写："退之服硫黄，一病讫不痊。微之炼秋石，未老身溘然。杜子得丹诀，终日断腥膻。崔君夸药力，经冬不衣棉。或疾或暴夭，悉不过中年。唯予不服食，老命反迟延。"

十五

在寒山，有一只大虫
长着白色身子和黑色的头。
他的手捧着两卷书，
一卷道，一卷德。
他的草庵里没有锅和炉，
他散步时衣裤歪斜。
但他总是随身带着智慧之剑：
他想斩断无谓的欲望。

十六

寒山是一座房屋
没有横梁和墙壁。
左右六扇门敞开
蓝天是它的厅堂。
房间都空空又模糊
东墙打在西墙上
中间一无所有。

没有人来借东西打扰我
严寒中我生起一点火
饥饿时我煮些青菜。
富人和他们的大车库与牧场
对我毫无用处——
那只能给自己造一座牢房。
一旦住进去，就再也无法出来。
仔细想想吧——
你知道这也可能发生在你身上。

十七

如果我隐居寒山
以山上的植物和浆果为生——

我整个一生，干吗担忧？
一个人只管顺随他的业缘。
岁月像水一样流逝，
时间像燧石击打的火星。
去吧，一任世界改变——
我快乐地坐在山崖间。

十八
大多数天台人
不了解寒山
不了解他的真实想法
却称之为胡言乱语。

十九
一旦到了寒山，烦恼都结束——
不再纠结，不再忐忑。
我闲散地在崖壁上涂写诗句，
接受到来的一切，像一只不系之舟。

二十
有个批评者试图让我沮丧——
"你的诗缺少道家的基本原理"
而我想起古人
他们贫穷，却不以为意。
我必须嘲笑这个批评者，
他完全不得要领，
他这样的人
应该汲汲于金钱。

二十一
我已经住在寒山——多少个春秋。
独自，我哼一支歌——毫不后悔。

饥饿时，我吃一粒不死药
心智沉潜而敏锐；正靠在一块石头上。

二十二
寒山之巅，那轮孤独的圆月
照亮整个清澈无云的天空。
赞美这无价的天然珍宝吧
它隐藏于五阴，深陷于肉体。[1]

二十三
我的家一开始就在寒山，
漫游山中，远离烦恼。
不见时，万物没有痕迹
放松时，它流遍银河
一泉光亮，照入那片心智——
不是一物，但它仍显现在我眼前：
如今我知道佛性的珍珠
知道它的用处：一颗无界的完美球体。

二十四
人们看到寒山
都说他是个疯子
不在意自己
穿着破布和兽皮。
他们不明白我说的话，
我也不说他们的语言。
我对遇到的人，只说一句话：
"试试吧，到寒山去。"

---

[1] 五阴（five shadows），佛教用语，又作五荫、五蕴，即色、受、想、行、识。《镜宗录》解释："蕴者，藏也……阴者，覆也。即蕴藏妄种，覆蔽真心。"

英文版注释

《寒山子诗集序》

丰干，传统上被看作一位禅师，但中唐时禅宗尚未成为一个独立的佛教宗派，不如说是一种"禅悟团体"，生活在山中或天台宗或律宗的寺院里。

文殊是智慧菩萨，普贤是爱的菩萨，阿弥陀佛是大慈大悲菩萨。

赞是一首佛教短诗。

这篇序结尾是闾丘胤的赞语，一首打油诗，我没有翻译。

《寒山诗》

第四首：文学风格上一个稀有的例子。寒山通常以口语写诗，在中国极少有诗人这样做。

第五首：花白头发的人，是寒山自己。黄指黄帝的书，老指老子，即《道德经》。

第十五首：一卷道，一卷德，即《道德经》。

第二十二、二十三首：圆月，珍珠。所有生灵内在佛性的象征。

寒山的大多数诗，都是"古诗"风格，每行五字或七字。

《砌石与寒山诗》后记

我伴着二十世纪诗歌的冷静、锋刃和有弹性的精英主义长大。艾兹拉·庞德将我引入中国诗歌，于是我开始学习古汉语。到我开始写作自己的经验时，大部分现代主义并不合用，除非转向汉语和日语。

虽然已经写了相当数量的诗作，但直到二十四岁，我仍随时准备把诗弃置一旁。我的心思已转向语言学，沃尔夫假说 [1]，北美口头文学，和佛教。我的就业技能大多在户外。

所以 1955 年夏天，在研究生院学习东方语言一年后，我与约塞米蒂国家公园 [2] 签约，当一名船上辅助人员。他们很快就让我到派尤特溪上游流域工作，那片土地到处是光滑的白色花岗岩、粗糙的刺柏和松树。到处都带着冰河时代的有形记忆。基岩那么璀璨，反射着水晶般的星光。白天长时间辛苦工作，伴着铲、锄、炸药，还有卵石，在放弃还是继续工作这样一种奇妙心境中，我的语言放松，回复自身。我开始能够冥想，夜晚，下班后，我发现自己在写一些让自己吃惊的诗。

这本诗集记录了那些时刻。以一组围绕工作及朗朗群山的诗开始，以几首写于日本和海上的诗结尾。"砌石"这个标题赞美双手的工作，石头的放置 [3]，以及我对互联、互解、互映和互容的整个宇宙的画面的最初一瞥。

无疑，我阅读的中国诗歌，其按部就班的单音节词排列，其干净利落——嗒嗒的骡蹄声——一切都喂养了我的这种风格。我离开内华达山脉，到伯克利参加另一个学期的学习，然后又是在京都一年的禅宗学习，和在一艘航行于太平洋和波斯湾的油轮上机房里的九个月。

我第二次到日本时，由于喜得·柯尔曼和劳伦斯·佛灵盖蒂 [4] 的帮助，在距禅宗大德寺几条街道的一家小店里，《砌石》初版印了五百册，以东亚风格折叠、装帧。

这本小书产生了影响。在第二次日本版 一千册完毕后，唐·艾伦的灰狐狸出版社又把它捡起来，在美国出版。唐和我决定把我译唐代禅诗人寒山的诗作加进去。我在伯克利研讨班时已经跟随陈世骧开始做这些工作。陈亦师亦友。他对诗歌的熟悉和热爱，以及他对生活的趣味，都极丰饶。他凭记忆

[1] 沃尔夫假说（the Whorfian hypothesis），认为语言差异影响使用者的思维方式。

[2] 在美国西部加利福尼亚州，位于内华达山脉西麓。

[3] 这段文字也表明，译作包含动作意义的"砌石"，要比"砾石"等纯粹名词更合适。

[4] 两位均为美国诗人，后者又是以出版金斯堡诗集《嚎叫》知名的城市之光书店的合伙人。

引用法国诗歌，凭记忆几乎能在黑板上写出任何唐宋诗。陈译陆机《文赋》，给了我看待关于"斧柄"的谚语"当制作一个斧柄，图样并不远"的角度，及其如何应用于诗歌。（心心相印。）[1]

我本来还会继续翻译更多中国诗歌，如果我待在学院的话，但我的双脚带我走向禅宗道场。

最小的表面纹理，而复杂性隐于池底、池岸之下。黑暗而古老的潜藏。不要花哨的风格。这些关于诗的观念是古代的。但正是这些"萦绕"于最好的苏格兰英语歌谣和中国诗美学的核心。杜甫说："诗人的观念应高贵而简单。"[2] 禅说："未定者耽奇艳，已定者乐平凡。" [3]

有诗人声称，他们的诗旨在通过语言的棱镜来显示世界。他们的计划是有价值的。也有作品看世界而不借助任何语言的棱镜，而是将那种看带入语言。后者一直是大多数中国诗和日本诗的方向。

于是，在几首砌石诗中，我确实以令人不安的深度来尝试表面的简单处理。这不是我写的唯一一种诗。也有位置留给激情和华美和混杂语言。我在这本书中处理的简朴诗作冒着不被看见的风险。但它们指示的方向也许是我最喜欢的，多么奇妙的冒险！

这些诗也找到了回内华达山脉的路，线路工作人员仍在放置文字的砌石。我猜测这些诗作得到赞赏，既为他们的汗水也为他们的艺术。资深的线路领班（如今是历史学家）吉姆·斯奈德曾告诉我，当时如何在偏僻之地的工作帐篷里就着火光读了这本书。

（加里·斯奈德）

---

[1]　见陆机《文赋·序》："至于操斧伐柯，虽取则不远，若夫随手之变，良难以辞逮。"伐柯出典于《诗经·豳风·伐柯》"伐柯伐柯，其则不远"。柯，斧柄。则，法也。伐柯者必用柯，其大小长短近取于柯，所谓不远求也。（参考《陆机集校笺》，上海古籍出版社，2016）斯奈德诗集 Axe Handles，直译斧柄，赵毅衡在《诗神远游》一书中即译作"执柯伐柯"。

[2]　斯奈德引用未注出处，参考宇文所安英译本，此句原文应为"易简高人意"，出自杜甫的题画诗《观李固请司马弟山水图三首》第一首。

[3]　此处所引禅语，无法查证出处；此十二字是译者的"仿古"之作。

《印迹～幽兰》 王洪云 70cm×70cm 布面油画 2015 年

推荐

臧棣推荐诗人：清平

/ 臧棣

推荐语

对同行来说，作为诗人，清平的诗艺是特出的；但在目前的批评规约里，要想真正将清平在诗艺上的优异和盘托出，却又是非常艰难的。作为高度自觉的诗人，清平从不满足于类型化的诗歌表达。回溯近四十年的写作生涯，他的诗歌个性一直在猛烈变化着。每当快要形成一种精纯的风格之际，清平都会有意识地开始新的语言探索。他痛恶任何意义上的诗歌程式，因为痛恶，他有时甚至会放任自己悄悄回到汉语诗歌传统中的一片竹林深处，在那静谧的角落里养炼自己的诗歌性情。从诗人原型而言，清平很像魏晋诗风的一次现代复活。他的诗歌修辞是高密度的，表面上看，很符合现代张力诗学对现代诗性制定的结构原则，但骨子里，清平的诗更接近一种几乎快要失传的吟游传统；一方面，他关心人世的现实疾苦，另一方面他又试图从更具超越性的人类视野来看待我们的生存场景。愤怒出诗人，他的诗歌基调常常与此有关。但可贵的是，作为一个优秀的诗人，他从不满足于仅仅提供一连串激烈的见证，他也常常警惕不让生命的丰富毁于人生的愤怒。某种程度上，他是一个具有高度自省精神的愤怒大师，而这种诗歌的愤怒依然可以用于生命的自我关怀。对熟悉世界诗歌的现代谱系的人来说，指认博尔赫斯或史蒂文斯是诗人中的诗人，相对而言，容易获得共识。其实，从新诗的现代谱系而言，清平也堪称是一位诗人中的诗人。他的诗歌句法，更洒脱，更出神入化，点石成金，更脱胎于杜甫对诗歌语言的要求——语不惊人死不休；这种语言意识既可以归入一种语言观念，就像自己表露的，诗人应该对让我们陷入事物的必然性的所有既成秩序保持充分的警醒；另一方面，它也可归入一种语言习性，通过对既有的诗歌句法的规避，甚至有意破除，不断尝试新的语言组合，来改造诗歌的风景。毕竟，诗人的任务从根本上就在于展现一种语言的可能：改造语言，即改变生活。通过尝试探索新的语言表达，我们能积极参与我们对生活的把握。

清平诗二十首

清平，本名王清平，1962 年 3 月生于江苏省苏州市。双鱼座。1983 至 1987 年就读于北京大学中文系。1987 年至人民文学出版社从事编辑工作至今。1980 年代开始诗歌写作。1996 年获刘丽安诗歌奖。2007 年出版第一本诗集《一类人》，2013 年出版第二本诗集《我写我不写》，2018 年出版诗论随笔集《远望此地》。2011 年担任由美国铜峡谷出版社出版的中国当代诗歌选集 *Push Open the Window*（《推开窗》）中文主编。业余编唱少量流行歌曲。

在此

在此跃起老虎、仙女座。在此休眠齐眉浣衣妇。
感动于物候用蝈蝈，感动于太平洋暖湿气流催她
长眠不醒又呼气吹走离婚梦。在此，
蚂蚁搬回家老虎斑纹，任由君王吹奏长笛、箜篌在
急等纱布的挂号收费处。在此恋爱到有教无类。
在此削木琢玉，到差一点混混混不上台去签到下台。

八月风

几厘米时间。
风遮住你一觉醒来。
风更加猛烈但不是你兴奋的
南来北往的睫毛。
蔚蓝晾在衣竿上。
几万年淡香随风仍烈。
——不是一位芳邻的春衫。
——嗅觉格外忠于她。

——"时间还没有到"终于来到
梦中之梦的梦中人唇上。
那舞台拐角
一撇：
连石头都要少几块。
你们又何必悲伤。

七月雨

空气尽了力但无能为力。
世界惊湿于方圆三四米弹溅
一夜，恍若只有雨声恍惚在
我愁煞稻菽的下降弧线。
血已束腰在大唐前，
在脸书的明日之箭。
马不停蹄的忧伤啊那个
见不到我的雨中少年只为
唤人于草药丛翻腾出愈合前
格外光辉的狰狞一刻，
远望而并不等我来造型。

淡云

那么不自然，淡淡的云就像
人类终于画出幼年的幻景。
从淡云那儿看到一支笔反倒接近
万物死在永生中的天然命运：
写和画，人们了不起的手艺已经
传到了我手上又赠予眼睛，
只为逊色于蓝穹安排下远逝和低翔。
是额外的丝线在万里之途
不停地摩擦出责任的火花，

犹若枕畔碎发。
是淡云在无知间真的无知于
我有笔写她画她，我有眼睛看她
在不自然中那么自然，我有
神经之忧、神经之喜等她来对齐，
只不过她要淡云那样飘到飘不到的
对齐一切的美妙往昔。

面具

无趣的生活不够无趣，
你登场来引出嘘声。
但你并不是你
荣耀的祖先为屈辱之爱
于一人之身造就出薄礼：
那缺少弹性的弹簧现在就在
我从你那儿接过的一个
糟糕透顶的人偶上。
幸运的你继续环游世界吧，
为了每一个人代表我接过不幸。
——无趣的生活，瞧
完全是一句谎话含在你
从未有过的嘴里，
向着那些云一样飘零的下颌。

寂静

黑暗中，寂静爆炸声
来自一个世界。
反复梦见的小动物，
只有它们的世界，
不是这一个。

由时间划分或者
房舍一样排列出自然。
山，当然依着淹没的水，
以及早已退出的水。
山上有利齿咬着撞针，
曾有一把弓被用作笔，
将这时间描绘。

爆炸声疲倦到
不去下一刻。
但一个世界并非容易
消隐在以大为尊的此地。
进入美文或狰狞故事前的
宵小也曾寂静地出神：
南山不见得应当去浏览，
到了那里，然而何妨
梦见一个世界不在远方。

电影院

生活榨干了拥挤，
将它还给仰慕拥挤的人。
但是悲伤啊甜蜜的爆米花在
凉爽的回忆里获取火热，
只为一阵风未尝吹过儿时的天井。
那汽水在别人手中并不是真的
人世间有过有汽水的傍晚令你烦恼，
而你也不能说你不在一个傍晚的景色
渐渐昏暗时离开过祖国。
是仅有几个英雄从过道侧身
去到等着他们改变世界的广场，

只不过等着他们献身的宵小更加
孤零零地恼怒着宇宙的开阔。
没有过的生活是可以过的，
就像永生者也曾可耻地死去。
在一所房子或几根廊柱间仅有
空气兜售着悔恨绝非真实——
那光束中全部是爱欲的灰尘。

市政厅

南风微笑着侧身在北风之侧，
把廊柱背阴处需要的明亮让出三分。
拾级而上的伟大传统已经把
陈旧的大理石抬到远离陈旧的上古，
那出产永恒新事物的下沉式庭院。
它不是时代变革也绝非时代的
变革将它带来——仿佛一阵风扔下
一个越来越珍贵在旧画报中的车站：
那一闪而逝的美终究难逝。
变幻出它的人只不过未丢掉魔法手卷
在他们自己被变幻千年之后
每一册新书里仍有他们攥紧两个字。
风倘若吹开它们在台阶背阴处，
匆匆过客如两小儿辩日之升降的视野
或可浏览到这一线光明。

咖啡馆

在我离开的咖啡馆，
白云从来没有飘在三只以上脑海
轻泛的小舟的上空。
在我无数邻桌从安静的桌边电影一样

远声而退仿佛听从了教海，
孩子们小手趴着彩玻的窗台几乎
马上要成为我孤立在空气中奇怪
而又奇妙地冷不透的一小杯咖啡的新一代。
在虚空远不到此为止但停得稳当
的咖啡桌，离开一位我这样对一切好奇
而把详述留在假设有过的往昔的诗人，
是蓝天忘了倾身将咖啡馆摊开的偶尔之一。
在未尝连通咖啡机周围的洼地，
积雨、陈雪从未像我一样尽其勾连
到即便回忆也勾连不到铁一样的泡沫，
而又不得不在怀念的脑海泛起刻舟响亮
的求得取笑的一幅画，
只不过只有鲸鱼，轻叹出惊奇。

是蔷薇，不是玫瑰
——给娟娟

混乱的花儿从芳名出去，
然而远行是罗网是星球
等着灾祸为你们庆祝。
庭院是荒丘是枝叶的煤矿
在人生向你们不爱告诫，
转头去将别的美丽焚烧。
然而庭院没有比她更安逸的房间，
当荒丘在远方、煤矿在脑海，
星球在蓝波上颠荡着骨灰。
来了街上的人和心上的人，
带着他们早已不在回忆和
厨房里踌躇不前的生活，
带着一位滴露的露丝曾有过
真正的晨露滴在她香肩和秀发。

在南山和邱园的导游图下方，
在一列火车、一辆马车幽会后
拉得太远的镜头拉近他们曾祖的
第一个和第三个童年被撞出花拱门，
来了愤怒的人和相爱的人手捧
一枝蔷薇而不是玫瑰在
玫瑰凋尽的花海的深夜。

灯光

像生活一样涣散，
映照看不到它涣散的人。
像此刻我几乎不敢说到
我也是这样一人。
明亮由暗淡映衬。只不过是一个
绕着花园慢跑却不敢入园的家伙，
总不能不说是美的信徒。
有时在沙发或餐桌前
忽然看不到它们。
有时把人生拿来，
把比死更凶险几分
对死的激昂争论拿来，
起一点点作用——
灯光又灯光地发光，
涣散得只不过更加快，
宇宙那样将人们映衬。

临冬

寒冷未带来雪，
带来一个鸡蛋。
要面对你

想不通的一切都
被一个鸡蛋想通了，
忽然。
寒冷已被戏法压到
最后一张，
你又紧张，
宙斯又换了一任。

无用的电影今始有用，
在天幕下。
能换一个角色算一个。
能换一床被子算一床。
临冬月色在
空气里缩成一团花糕，
一个小阿福，
一块欧洲，
满地花炮。

美这种严厉的装束
临冬也不得不赔笑，
等着给她一刀给
所有失望等着的交待。
风是要吹的，
花也要开，
听不到的都要听到——
雪在你耳朵里跺脚，
一个鸡蛋却漏给了别人。

某个夜晚

没有真实可言，
是某个真实的夜晚：

一场战役中天大友情，
千疮百孔之巍峨，
只在神经一颤。
是没有一滴血真正流过
来自我相信的不真实的交火。
——瞧啊，人生，
很快到了只有当年好，
却不相信有过什么当年时。
酒酣耳热难道有假？
紧紧相拥的双肩皱褶
难道是一篇中学生演讲？
你要我活下去、活下去还是
不停下你明朝呼吸？
——某个夜晚一定像一首诗
撕烂了码放整齐……
但风更坚决地吹过世界的两鬓，
掀起斑白夜幕一低头
轻轻擦过的枕边思。

明前一日

海洋在天边耍着压力，
不知今夕何夕。
蓝波不见得拿不掉。但凭你们
也只好这样太混乱又多地想象又
忘掉拉倒在明前一日之蓝标。
都不是我的都归我无妨。
新一个时代眼巴巴早就琴弦断
在画得没线条的茶色不甘心。
现在雪来了你可记牢？
皇帝大臣背着诗篓狂奔在马上，
合不拢嘴的战栗马上关闭。

——千古功名靠大家伙钉子那样挤一挤。
热爱爱光了人生的你，
现在有奇装异服的家伙们
运来鲜灵瑟缩的明前一日
请你去遗憾他们的跺脚。

人们在干什么呢

人们在干什么呢？
当跫音推着一团线……
浅草还没有挨过马蹄，
雪落在别的空气，
秋风呼啸图书馆走廊
为几册不该从它写起的诗，
——流火已逝，
然而谁又相信？
当跫音推着一团线
不停地捆扎，
将一个宇宙绕过……
当我从厕所途经厨房，
为一池碗碟发愁，
神仙在窗外松脱十指，
放开一卷新江山在
渔阳的暝色中……
——人们在干什么呢？

需要解除危险的诗

走的人都已走开，
没有胶水能将他们黏合。
然而电梯是可以维修的，
博物馆是可以关闭的，

暴戾的父亲是在我耳边
豁出祖先的荣誉也要让他嚎叫的。
你去鸟瞰世界吧。
我要勾住世界上稻草，
为一首诗的私心不松脱爪子。
那么多我知晓的秘密
都应当扯淡到扯淡之外，
收进一册白皮书，
给从不读它的人去读。
给诗歌抹黑或许是一个好天气
不讨人喜欢的后在的后悔，
用一种象征来描绘自然。
是的诗歌不能这样写。
诗歌在你吃豌豆的几秒钟里
停在你根本停不下的食道，
你毁灭不了的诗歌渣还在前进，
烂诗和牛诗人的血流火箭一样
蹿出你的颈项。
那么是谁的呼吸在呼吸着此刻？
倘若不是你就必定是我
危险地去解除危险的生活。

需要托腮去写的诗

在有人烟的雪上，
空气掩着耳朵不管
冻僵的手指指挥远方
一个图书馆轰然降落。

声音骑在鹅翅上，
攥紧垂直的杀人蜂群。
艰苦的工作像子弹，

等着实验室里争吵停息。

有多少人只为人
闭上人的眼睛？
在有人烟的雪上，
声音宁愿为图书馆流血。

只不过无尽的时间
在实验室后门已排到尽头。
一行大雁追着天鹅，
深感空气的闭塞。

有多少人宁愿后颈冰凉
仍要骑上火箭？
在白云卷起的黄风中，
冻僵的蜂刺告慰了星球。

红霞转成蓝穹，
为一帧托腮的旧影。
时间不停地瞅着腕表，
跺脚在实验室外雪地。

垂直的宇宙正斜逸，
为一幅蛮横的题诗画。
是我应当不管一切，
将空气抚摩出人的形状。

需要撇开园艺去写的诗

右手熟练的园艺，左手也可以
推到靠近发现一个新世界之前。
芽一蓬蓬出来。喜悦不等于看到青年

有挥霍的青春在感喟之后
仍旧细水长流地写小说谋生。
到外地还想着家里的堆肥；
环游世界寻得几个漂亮的红陶花盆；
这又怎么能说是人生的旅途
不在一个命运的六棱镜中。
拉远了看只不过拉远了看。
园艺在眼皮底下并不是撇不开
一首从古到今的诗越写越烂。
请相信不是那样容易到
一个你不喜欢的地方去受罪
花树又都围绕你盛开。
你的园艺诗倘若由我来写，
就一定伴随着星空改变。

一瞥之诗

鼹鼠的滑翔机从操场升起
二月的懊悔，像数得清的命运
降落在九月不肯登场的小朋友
一屁股坐瘪的可乐瓶，但眼泪
早已流成美味的慕斯让喝到的
是她寥寥无几的梦中妖怪。

这必定是不必温暖，谁又忍心
不去打开温暖的一瞥之诗。
二月的命运只不过为拖延
而拖延的妖娆过了九月花
不给十一月留机会地乱颤
偏了一点点。时间毕竟爱调皮。

鼹鼠的滑翔机不是鼹鼠的

理想国。显然二月再拯救不了
她拯救过那么多哭鼻子英雄在
关键时刻掉链子，掉得那么帅
将人生输光也不在乎却不得不
将莫名增多的人生赢到手。

泉子推荐诗人：徐钺

/ 泉子

推荐语

徐钺这组诗充分显现了另一大传统对汉语的滋养。或许，就百年汉语新诗历程而言，西方从来是我们那共同的父，那个由希腊开启，并最终经由希伯来文明重塑后的一种如此强势的文明。或许，还需要更长的时间，我们才能看清东、西方文明这一次最新的交融对我们究竟意味着什么。或许，在地球渐渐成为一个村庄的今天的很久之前，西方已从巴尔干半岛那个小小的岬角出发，并在其边界不断的拓展中，获得了一种足够的丰富性。

如果我们更细致地去辨认的话，俄罗斯白银时代的诗人们可能是这位年轻的汉语诗人的一个更为显在的父。俄罗斯诗歌，特别是白银时代的诗歌在汉语中得到更深入而持久的回应并非是偶然的。这个横跨两大洲的辽阔的国度，那里或许无时无刻不在经历与见证着两大传统的融合，而百年汉语新诗的历程无疑能从中获取更深的启示与共鸣。或许，相对于西方的雄辩，东方是一种更倾心于寂静的文明。或许，一种不断被寂静融化后的强力与雄辩，一种重新获得的纯正的抒情性，作为对以曼德尔斯塔姆为代表的白银时代诗歌的一种解读，也同样可以作为对徐钺这组诗歌的诠释。

或许，诗人在《希望》这首诗歌的题记中，对布罗茨基的《娜杰日达·曼德尔斯塔姆》的引用是深思熟虑的。"她看上去就像一堆烈焰的余烬，一块阴燃的煤 / 你如果拨一拨它，它就会重新燃烧起来。"而这里同样有着我们通往这位年轻诗人的秘径。

徐钺的诗

　　徐钺，1983 年生于山东青岛，2001 年考入北京大学，2015 年获文学博士学位，现于北京某高校中文系任教。写作诗歌、小说、评论等，2008 年获"未名诗歌奖"，2010 年出版小说《牧夜手记》，2013 年出版诗集《序曲》，2014 年获《诗刊》"发现"新锐奖及《星星》"年度大学生诗人"奖，出版诗集《一月的使徒》，2016 年出版诗集《序曲》（新版）。亦从事英文文学著作的中文翻译。

序曲

为着每一个高傲的恺撒，我们都要寻找
一座新的罗马。
寻找：一个新的，吃美和男人的
克丽奥帕特拉年轻的面庞。

每一年（无论死亡何时饱满）

海燕都从九月飞来，衔着未知的武器
滑向法老王们永恒安睡的尖顶。
当我们醒着，闭着双眼，——用身体观看
命运的黑色蜂房正怎样闪亮。

永恒：这被置于诗句肺中的名字，沐浴着
珍珠一年一度纯白的呼吸。
我们，却像还未爬入贝壳的沙石，在甲板上
在星座和海潮腥涩的汗水之间痛响。

当弓耸起，当亚平宁半岛扯动南向的风

别管三桅战船锋利的弦月。——让我们等待
彼此年龄中最为缄忍的声音
转动视网膜上黑夜那巨大的重量。

因为命运仅只是
岁月在我们头盖骨上发光的涂鸦。而心
永远像刚刚降生的幼小野兽
用梦咆哮，用尚未长成的牙齿咬住夜空的乳房。
寂静，让白床单上的阴影反复聆听
这在胸腔中反复习练的跳动。——直到
一个更加
接近恒星的（却并不更加高贵的）词
烧穿九月蜡制的欲望。

爱，并不能使我们相拥而卧的身体
拥有对方。而当那个词，像弓箭手的指骨一般
扣住死亡的睫毛，我们就醒来
就在床头数出将我们自身染黑的波浪。

别管阴云拼写怎样的占卜，——让我们等待
那破晓的石灰燃烧
那匿名的风暴把太阳浇灌
那依旧踟蹰的海爬上堤岸尽头的城墙。

因为（无论何时我读出你的嘴唇）

为着每一座梦中的罗马，我们都必须找到
那个恺撒。那个词。那一束
在克丽奥帕特拉年轻的心脏之中轰响的
尼罗河般的辉光。

另一种低语

你醒了，又一次，黎明像无家可归者
窥探梦的锁孔。
你收起钥匙，你带着我尚未完成的身体走出。

时间低矮，光的舌尖在我们口中相互交换
语言则以胚胎的形象在肺部悚动。

把我刺在泥土里吧，把我放进你酿造岁月的石头
用溺死者的声音问我：谁活着？——谁
正用阴影熔炼天空。

这里，田野是一百万年前海洋柔软的化石。

这里，词被喝尽，你怀抱我的血走向沉默深处。
握着闪电，我们
站在风暴到来前命运巨大的呼吸之中。

钢琴

海滨城市的下午，日光
在空调低沉的抱怨声中衰减
像镇定之后的癔症病人

晚报过早地送到，洗净的蔬菜
还在塑料盆里谈论价格
妻子还没回来

隔壁在放霍洛维茨，在他
刀头面朝的方向
心跳很轻，像被轻轻剁着的葱头

他认真地看着案板，有一次
将左手食指放到嘴边吮吸
但刀没有停

秋日

远行者像清晨，跨过我们
在过去的路上并肩躺下的身体，并以此刻
趋向落下梦的树冠。

我们是我们尚未醒来的地方，光
是更多光在追赶的姓氏。

最早诞生的星辰，用衰老的速度读着丰饶之词。
有一天，来自隐忍的云朵的土地测量员
会说出我们互不知晓的相像。

而此刻。每面镜子，每个来自露水的公主。

我们在此刻做着关于树冠的梦，而更多
不会醒来的我们仍在落下。屋顶上，那洗着树影的
蓝得发亮的风。

希望

她看上去就像是一堆烈焰的余烬，一块阴燃的煤，
你如果拨一拨它，它就会重新燃烧起来。

——约瑟夫·布罗茨基《娜杰日达·曼德尔施塔姆》

天赋的不朽，如天赋的诚实，不能使你

像历史一般长久沉睡于无人问津的旷野，或者
使你更长久地苏醒。它们更像是
树脂，金色的阴影，在橡木般倾覆的岁月中。

而我早已学习了黑暗，那迷人的质量。
我也学习了你的肺和喉管
学习在冻土中辨认你，——像帆
在倔强的船桅上，在盐中，辨认低沉的海的速度。

荷马，茂盛的沙滩，致命的战争和你源自希腊的爱情
我站在其中如三千年后来此寻觅玩具的孩子；
而它们是词，是半融化的冰片
我碰一碰，它们就从命运线的航道之中流走。

我已听到脂肪和靴子的声音。我要告诉你：奥维德
这里仍然叫做沃罗涅什，伟大的帝国
在黑色的水里吐露它的威严，而你肿胀的木头
正在它的内部，变得更黑。变成煤。

暗之书（或论历史）

1

此刻，梦和窗帘渐渐稀薄。风像岁月吹来
把燥热的申请陈述翻动。
熄了灯的屋里，一只蜘蛛缓缓撕着飞蛾的翅膀
你能听到时间被黑的手套递向另外一双。

星光的蝉在喧嚣。星期一和星期二过早苏醒。
被虫蛀过的被单探出你孩子的眼睛：
"您有天花吗，您有我妈妈的天花吗？
——我想，我弄丢了它。"

2

我的安静的妻子，我的安静的生活。我宁愿
我们曾在一起，而不是现在：
一只兔子披着果戈理的外套住在我的家里
计算它温顺的工龄。

而我的寿命：是谁算错了一个月，一年？
黑色辩护人的上方，以死人命名的星在鼓掌。
可爱的法官伪装成燕子
用嘴筑巢，啄我漏洞百出的屋顶。

3

曙光像狼群在城市的栅栏外徘徊。此刻
有人怀揣我所有的证件躺在我的床上，睁大
他的眼睛，害怕被人认错，或者
被粗枝大叶的时代抓走。

没有酒，只有昨天烧沸的水。工作。
我和我的狗坐在门前，守着被瞳孔瞪大的卧室。
当第一束光从门廊外射进，我们就站立
准备：将第二束和它捆在一起。

4

像强健的蜘蛛的劳作，身世缝补着自己。
不是过去，而是那些危险的尚未到来的命运
在阴影里呵气：黎明时分
那不管你意愿的、愈加稀薄的窗帘。

你不记得，我曾和你梦到同样的记忆。尽管
那被拔掉两扇翅膀的蛾子
也还在抗争：在某个纪录影片的第一幕里
变得缓慢，像一桩凶杀案的现场。像一次真相。

《印迹（一）》
王洪云
布面油画
120cm×100cm
2015 年

中国诗歌网作品精选

小山坡

路也

下午三点钟，我仰卧在小山坡
阳光在我的上面，我的下面，我的左面，我的右面
我的前面，我的后面
阳光爱我

太阳开始偏西，我仰卧在小山坡
在我的上下左右前后，隔年的衰草柔软又干爽
这片冬末的茅草地如此欢喜
一个慵懒的人

我仰卧在山坡
坡度不大不小，刚好相当于内心的角度
比照某个诗句，把自己当成一只坛子
放在山东，放在一个山坡上

仰卧望天，清风、云朵、蓝天、喜鹊
一道喷气飞机拉出白色雾线
它们按姓氏笔画排列得那么有序
我还望见虚空，望见上帝坐在云端若隐若现

天已过午，人生过半
我独自静静地仰卧在郊外的茅草坡
一个失败者就这样被一座小山托举着
找到了幸福

（选自 2018 年 4 月 2 日中国诗歌网"每日好诗"栏目）

猎枪

冯娜

我默记它的顺序：开膛、填进火药铁弹子、上膛
捂着左眼模仿真正的猎人怎样用一只眼瞄准
一只鸟掉下去，山林抖过之后跌进更深的寂静
铁质的冰冷，冒着生灵附体的腥气
成年后我常常会在人群中嗅到这种气味
我知道扣动扳机的时刻和走火的瞬间
我知道在一个不允许私人持枪的地方
太多人空着的胸膛

（选自 2018 年 4 月 3 日中国诗歌网"每日好诗"栏目）

佛

国哥

关于轮回、壁画、藏经的洞窟
牧羊人知之甚少
他只对他的羊群感兴趣
迎面走来的僧侣，双手合十
如果不是那只瘸腿的羊失踪了
他们可以坐在沙丘上
预测一下皮毛价格和不远处的灾情

牧羊人神色慌张，他不像年轻的僧侣
他没有信仰，像一株被羊群啃噬的草
当他在鞋底碾灭最后一口旱烟，天空
也暗了下来，现在的问题是
那只羊始终没有找到

我在读大悲咒的时候，总把那些梵文

错看成一只只失踪的羔羊
错看成牧羊人的焦虑和悲伤
我希望归还它们，展开经卷
哪怕不再有一个字

（选自 2018 年 4 月 9 日中国诗歌网"每日好诗"栏目）

羽毛球不能等于无

宋烈毅

我感到是一个个绒球的
路灯在夜晚照着两个打羽毛球的人
两个锻炼身体的人
或者两个无事可干的人
羽毛球不止飞在他们之间的距离
也有跑偏的时候
羽毛球故意跑偏的时候
另一个人乐意在路灯下
弯腰捡着，羽毛球不能等于无
但我在楼上望着，在一种羽毛球等于无的
观望里觉得他们太有意思
他们完成很多动作
有时张牙舞爪的样子
确实让我开心
我又觉得他们和我在白天里的
某种姿势相似
手里总是抓着，但每次都抓了个空

（选自 2018 年 4 月 10 日中国诗歌网"每日好诗"栏目）

雨水节
颜梅玖

窗外，雨沙沙地滴落
我躺在床上
从一本库切的小说里歇下来
去听那窗外的雨声
房间里开着暖气
细叶兰第二次开出了
一串粉紫色的小花
厨房里煲着一小罐银耳羹
香甜的味道弥漫了整个房间
一整天了
我沉浸在小说的细节中
在时间的表皮上
雨自顾自地嘀嗒着
均匀而有节奏
书中那个老摄影师的身份困境
汇同着它，一起垒高了我的惶惑
这回，是应和
使我感到不安和不快

（选自 2018 年 4 月 12 日中国诗歌网"每日好诗"栏目）

春熙路的月亮与模特
程一身

一个暂住在金科北路的人
乘地铁 2 号线去春熙路
一抬头，看见月亮像个熟人
悬在两座高楼之间
夜色分布均匀的黑幕上

像个实心句号，那么高
贴着一个亮灯的窗口
墙上的巨幅模特顶天立地
似乎奢华富足就是幸福
路人在她的俯视下不断走过
乘电梯更上一层楼
他感到仍被俯视着
巨量的财富突然让他羞愧
他感到月亮也在俯视他
他感到墙上那个模特的原型
就住在月亮旁边的房间里
面对月亮他已无心抒情
他感到他置身在月亮与财富
交织的光芒中。是的
月亮照着诗人也照着商人
但此刻他感到到处是商人
商人却不知道他曾来过

（选自 2018 年 4 月 17 日中国诗歌网"每日好诗"栏目）

火车的声音
格风

火车鸣笛的方向
小汤山一带的天空星光闪烁
分离出岛屿和钻戒
近旁的树木
还在它的最深处

孕育新的清晨。火车的声音
明显区别于鸡鸣和鸟叫
也区别于上个月

西南古镇的屋檐
多雨的黎明

我知道那里的岔道口
仿佛是为了判别一种经验
一条铁轨穿过我记忆中的水稻田
又一次提速，尖叫

仿佛有话要说
仿佛不是我，是一个替身
或阳台的一部分
坐在天亮前的寂静中

（选自 2018 年 4 月 25 日中国诗歌网"每日好诗"栏目）

霍金，你好！

商略

我们仍处在一次爆炸的冲击波中
身不由己地溅落向未知的安身之处

我们是飞向一枝雨后的桃花？
还是洞穿某个潮湿滚烫的胸膛？

那个在宇宙之外点燃引线的人
感觉只过了短短几秒

我们却以为经历数十亿年的生生死死
并获得了伟大进化

宇宙膨胀的尽头如丝绸撕裂
发出破碎的哀鸣。那里也将是我们停止的地方

那里有真正的热寂——既热烈又寂静
膨胀和坍塌的因果轮回

基于我们有限的思维和认识
启发我们的或许是佛陀，或许是那个点燃引线的人

这意味着爆炸不止一次
而是回声般同义反复。爆炸一经确认

我们便能听到爆炸后的死寂
也将听到死寂后的一声鸟鸣

这宇宙中每一样事物的终点
都有着我们所不了解的空虚和寂寞
（并且总是被另一样事物所替代）

（选自 2018 年 4 月 30 日中国诗歌网"每日好诗"栏目）

我曾在河上四处漫游

琼瑛卓玛

我小心维持着对爱情最后的渴望
如同清晨六点被乳白色香味包裹着的河道
有一个时辰，我看到您从它身旁的樱花丛中轻轻走过
把绣着名字首字母的蓝布衬衣
从水里捞起。

无休止的沉默是三月河面未化完的浮冰
远处有一头小鹿
划破黑暗，冲着您——歌唱
正午时分我悄悄绕过它后边

听到有人在水底窃窃私语

等到黄昏来临，这里就被夷为废墟！

（选自 2018 年 5 月 10 日中国诗歌网"每日好诗"栏目）

完美的囚徒

李小洛

现在，我承认

我自愿来此

并跟随众神的脚步

模仿，顺从

并恰好地融入她们

融入花园，八月

这薄凉的夜色

香气，翡翠，和一汪

静止泛蓝的湖水

这里，除了身体之外

没有别的家

而现在，前世在哪里

不去想。也不看。因为我知道

即使去，也认不出所有的真相

有时候，接受一个错误的世界

错误的人，远比寻找答案更为简单

不能说所有听到看到的

都是幻象，真正的爱和自由

也从来没有出现过

如此完美的花园，每一道矮墙

石头，都堆砌得恰到好处

当夜风吹向花园的尽头

没完没了的小路上
天使，魔鬼。神明放置在
各个路口的统领
早已准备好巧妙的骗局
前来安抚，导引我

上帝他仍然牢牢掌管着一切
包括那封来自未来的邮件和密信
仍有一条绳子不可摆脱
总是走上死胡同
只有在睡眠以后
才会没有丝毫的察觉
相信自己就是一株最完美的植物
没有任何的机会再来一次
而说出真相，又将会被否认，驱赶
经历前所未有的黑暗

现在，我承认我自愿来此
并终其一生
我承认我和其他人一样充满好奇
深爱着这世上诱惑人心的一切
且追逐和纵容，一座完美的花园
完美的监狱，身为囚徒
你，也绝不会发现自己身在其中

（选自 2018 年 5 月 15 日中国诗歌网"每日好诗"栏目）

雏菊

莫卧儿

银河里的星星在春天
时常因为决堤改道

奔流到地球上来

地铁十号线安贞门站口

她遭遇了一场小规模瀑布

怀抱刚买的雏菊

和怀抱洋牡丹的女友

肩并肩站在电梯上

轻松倒带回二十年前

高中生的单车

摩擦着地平线的睫毛

小野花雾气一般弥漫在大裙摆间

再没有比意大利做经线

地中海做纬线更诱惑的网了

面前 Lancome 广告牌红唇的弧度微妙

泄露是否需要挣脱网绳

成为这个时代的悬念

而春菊、延命菊、玛格丽特之花

这些孪生名片听起来

比季节更有说服力

地铁站里的她们

有着刚刚觉醒的胴体

只等一节呼啸而来的车厢

插入锁孔，咔哒一声

秘密机关洞开

（选自 2018 年 5 月 21 日中国诗歌网"每日好诗"栏目）

我看到的野花

雷霆

在悠长而散漫的山沟里，我看到的野花

开在溪水的两旁。风只是在上面吹来吹去

此生少有的庇护，多么像浩大的王宫啊

这不要命的黄，是官道梁唯一的尊贵

对于闲置不语的尘世，花是我伤心的美
从高出地面的部分算起，加上我俯身的尺度
我和山丹花、蒲公英、龙舌兰说的悄悄话
也刚够关注柴胡轻启的嘴唇。羊群出没！

山上的羊群，比石头更寂寞，它咬紧山崖
仿佛咬住人间欲弃不舍的良心！风一样柔和的羊毛
亮出卑微的温暖，展开越来越单薄的家族史
你看到的花是有背景的花，开了就是一抹痛

一辈子的功名，什么是旧的，什么又是新的
粗布和丝绸有共同的故乡。清凉的水沿河而去
是为了远方的嫁妆。这路上缺衣少穿，这路上
风景不显赫，你得搭上少年时代的那些心事

高高的雾霭，庇护干燥的岩石，山榆树有宝典
风也吹不到的低啊，安放什么样端庄的尘埃？
当散漫的山沟收养了这一群沾亲带故的野花
我只是路过啊，你这样盛大的场面不该为我奢侈

（选自 2018 年 6 月 25 日中国诗歌网"每日好诗"栏目）

评论

"阿多尼斯的死与生"——青年写作刍议

/ 颜炼军

每个年代，大概都有一种意义或价值模拟的现象：青年一代希望像他们景仰的前辈那样，建功立业，获取人生意义和价值。近年来年轻作家和批评家们对"青年写作"的谈论，多半也源于类似的焦虑：1970 年代到 1980 年代出生的作家们，在当代文学谱系中尚未形成自己清晰的面孔。而相较之下，他们的上几辈作家，到了这个年龄，早已成为文学批评争相讨论和命名的对象；更不用说，从五四运动开始，青年写作，几乎是整个二十世纪中国文学中最具活力的部分。概而论之，"五四"一代作家的自立，是东西文明对撞的成果；二十世纪八九十年代一大批作家迅速走向历史前台，也得益于 1970 年代末政治经济文化的开禁。新世纪已近二十年，年轻作家不断涌现，但他们似乎缺乏与前几代作家相似的历史支点。信息时代的生活剧变，能成为这一代作家的历史支点么？从中世纪到文艺复兴，印刷术在欧洲的普及起了很大的作用；互联网技术给当今世界带来的文艺革命，至今还看不清眉目。

在我看来，这也许是个枉然的焦虑。保守地看，写作终究是极端个体化的事业，无论代际分类或年龄划群，可能都是权宜之计。纵观中外文学史，很少看到类似的命名可以成立，在文学的群星谱和万神殿里，从来不护年纪，也不讲人多势众。个中有少年英雄，也有晚成之大器，但几乎都是独行侠。批评家急于命名，也许偶尔能帮上大众媒体的忙，但近四十年来，被淡忘的平庸之作与批评命名几乎一样多，即使佛主再世，也回天乏力。

若能抛开上述焦虑，关于青年写作，倒有一些可以展开的话题。因为每个年代的青年作家，都面临一些相似的处境，至少有如下三方面：写作与才华之间的关系；与前辈作家的关系（放大地说，就是与"传统"的关系）；写作与时代的关系。以当下的青年写作问题为由头，谈谈这些关系，也许有助于我们的相关思考。

252

一

每个文艺鼎盛的时代，都有许多关于文学天才的传奇。然而，才华是美妙的，也是危险的。木秀于林，风必摧之。对青年作家来说，才华不仅是天赐，也是奴役，它过早地剥夺了青年人的正常生活方式。福楼拜写信教导莫泊桑说："对于艺术家来说，只有一条原则：一切为艺术牺牲。生命应当被认为是一种手段，如此而已。"[1] 秘鲁小说家略萨在给年轻作家的信中，也提出类似告诫："文学才能的使用不是消遣，不是体育，不是茶余饭后的高雅游戏。它是一种专心致志、具有排他性的献身，是一件压倒一切的大事，是一种自由选择的奴隶制——让它的牺牲者（心甘情愿的牺牲者）变成了奴隶。……因为文学才能是以作家的生命为营养的，正如侵入人体的长绦虫一样。"[2]

福楼拜和略萨对青年作家的教导与告诫，让人想起希腊神话里的美少年阿多尼斯。阿多尼斯长得十分俊美，但心理年龄偏小，对爱情还比较懵懂。爱神阿芙洛狄忒疯狂地爱上了他，对他穷追不舍。他不断地逃，最后跑到森林里，不小心，让野猪给吃掉了。这个故事引起无数艺术家的共鸣，相关文学和绘画作品很多，连莎士比亚也为此写过一首长诗。在西方文化里，经常把不幸早夭的天才，比喻为阿多尼斯。比如英国大诗人济慈 25 岁染肺病去世，好友雪莱写了一首挽诗，就叫《阿多尼斯》，雪莱写完此诗后不久，也不幸溺水身亡，仅 30 岁。阿多尼斯之俊美迷人，被阿芙洛狄忒穷追不舍，最终发生意外，正如年轻的作家被天赐的才华追咬甚至吞噬一样。我们不得不说，对于那些很年轻就绽放出写作才华的人而言，身体和心智的控制力，与他们写作的才华、激情和速度之间，常常失衡。许多作家因此很年轻就结束了写作，甚至结束了生命。中国当代以来自杀或病逝的青年诗人和作家的名单，就令人痛心地证明了这一点。历史上伟大的天才人物，因各种非正常原因而英年早逝的，占很大比例。像柏拉图、陆游、歌德这样能活到八十岁以上的，只有极少数。

也有许多作家幸运地调整好两者的关系，并因此获得新的转机和升级，但多半有运气的原因。比如，年轻的歌德，就让维特及其疯狂的读者代替自己死去。开始《包法利夫人》的写作时，福楼拜也就刚 30 岁，他虽出身富贵之家，但年轻时就患上一种奇怪的间歇性癫痫病，这伴随他一生的病，某种意义上成了他精确以至疯狂的写作态度的一种象征。我们今天要感谢这部小说因为道德争议而被告上法院，使作者迅速成名。年轻时获得的世俗名声，或许给了他更多继续写作的力量。关于《包法利夫人》福楼拜说过一句名言："包法利夫人就是我，我就是包法利夫人。"这有点像歌德与维特的关系：包法利夫人死了，《包法利夫人》成了大名，福楼拜也顺利地渡过了青年写作的关口。

若不是闹腾了一百多年的佛罗伦萨政治矛盾导致但丁被流放，他的写作，也许就停留在被称为"温柔的新体"的诗集《新的生命》（或译《新生》），最后以一位会写诗的政治家名留青史。他《神曲》中备受称道的《地狱篇》，不仅得益于对荷马、维吉尔、奥维德和奥古斯丁等前辈大师的学习，也多取材于他在佛罗伦萨政坛的丰富体验和见闻。而《天堂篇》里对色彩与光线的精彩描写，则受益于当时阿拉伯世界发达的自然科学和绚丽的文化想象力（在地狱第一层的草地群贤里，不但有荷马、苏格拉底、柏拉图等来自古希腊的异教伟人，也有两位来自穆斯林世界的圣贤：阿维森纳和阿威罗伊，他们都是中世纪穆斯林文明的代表）。简言之，但丁写作地狱和天堂，需要持久的研究和丰富的阅历，这不是一件青年人可以做好的活计。

杜甫年轻时就认识比自己大12岁的李白，仅从杜甫写有关李白的一些诗作来看，我们就可以看到杜甫年轻时，也有一段漫长的"青年写作"期。对一个"七龄咏凤凰"的天才来说，狂傲与随之而来的失意和颓荡，都是可以想见的。波德莱尔说过："放荡有时与天才与生俱来，这不过是证明了天才极为强大。"[3] 杜甫33岁时见到李白还感慨"痛饮狂歌空度日，飞扬跋扈为谁雄？"（《赠李白》）。也许，安史之乱这一巨大而漫长的灾难把杜甫从青春写作的状态中彻底拉了出来。对当时人来讲，安史之乱几乎就是世界性大战，因为当时所知的大部分政权都卷进了战争——想想奥地利犹太作家茨威格吧，他在《昨日的世界》里深情追忆被两次世界大战打得稀巴烂的旧欧洲，就像杜甫诗里不断追忆"开元盛世"。茨威格最后大概看不到希望，与妻子在巴西里约热内卢附近的一个小镇绝望地自杀了，杜甫比他幸运，一路逃跑，最后等到了战乱结束，等到"漫卷诗书喜欲狂"的时刻。

讲这么多，想说的是，一位青年作家想抵达写作的晚年，真可谓"路漫漫其修远兮"。才华如沙滩上的七宝楼台，往往耐看不耐爬；才华可引来掌声，但它在命运面前却猝不及防；才华往往需要奇迹和幻觉，可它面对的是世界满眼的琐碎和庸常。有才华的青年作家，如何战胜这些反才华的力量，并将它们消化为写作的血肉，实在是件艰难而痛苦的事。

二

青年作家还会遭受另一力量威胁，即美国文学批评家哈罗德·布鲁姆说的那种影响的焦虑。中国古人也讲过这一道理："文章须自出机杼，成一家风骨，何能共人同生活也。"[4]青年作家想从前人或强力作家的辐射范围中摆脱出来，正如阿多尼斯应具备回应阿芙洛狄忒之爱的能力一样。那个因不知所措而逃跑的阿多尼斯死了；另一个能接纳爱神之爱，能自成机杼的阿多尼斯想死而后生。

尼采与瓦格纳的关系，是个典型的例子。尼采上大学时，就十分膜拜音乐家瓦格纳。1869 年，25 岁的尼采成了瑞士巴塞尔大学教授。期间他与瓦格纳相识，并迅速建立起友谊。美国思想史家弗兰克·M·特纳这样描述他们的这段关系："这不是一种平等的友谊……瓦格纳和妻子柯西玛会让尼采帮他们采购圣诞礼物"[5]。尼采的《悲剧的诞生》是献给瓦格纳的，但他们的亲密关系几乎也就到此为止，这里的复杂原因一直被思想史家研讨，但原因之一，肯定是一位年轻作家成熟过程中，对前辈产生了可以原谅的倦意和质疑。倦意和质疑，就是超越和成就自我风格的开始。如萨弗兰斯基说的，"尼采得竭尽全力，才能走出瓦格纳的魔圈。"[6]

《列子·汤问》里有一个特别动人的故事。讲的是射箭，可以用来理解写作。故事里的甘蝇，是一位神射手，他教出了一个弟子叫飞卫，射箭技艺超过了师傅。后来，有个叫纪昌的人，也来向飞卫学艺，飞卫也很慷慨，就这么教他：

> 飞卫曰："尔先学不瞬，而后可言射矣。"纪昌归，偃卧其妻之机下，以目承牵挺。二年之后，虽锥末倒眦，而不瞬也。以告飞卫，飞卫曰："未也，必学视而后可。视小如大，视微如著，而后告我。"昌以氂悬虱于牖。南面而望之。旬日之间，浸大也；三年之后，如车轮焉。以睹余物，皆丘山也。乃以燕角之弧、朔蓬之竿射之，贯虱之心，而悬不绝。以告飞卫，飞卫高蹈拊膺曰："汝得之矣！"

但这个纪昌学到绝技后，变得很焦虑，他想：天下射箭比自己厉害的，也只有师傅了，如果……他决定去谋杀飞卫。二人相遇，同时向对方射箭，都箭无虚发，箭矢在空中纷纷对撞，因为两人都射得准，所以箭落地时，都不会扬起灰尘。最后，飞卫的箭射没了，纪昌还剩最后一支。纪昌照常射出，飞卫却捡起一根树枝，轻松地挡掉射来的飞矢。置身此情此境，二人激动得哭泣，扔弓彼此跪拜，结为父子，并发誓不再把绝技传与别人。

纪昌与飞卫关系，颇像年轻作家与其师法的前辈之间的关系。学习写作过程中，都有一个直接临摹的前辈，但一旦需要成就自己的风格，他就得摆脱前辈的影响，有时不惜反其道甚至绕道而行之，此即写作中的弑父情节。但正如 T.S. 艾略特所说的那样，一位作家青春写作结束的标志，就是他为自己发明了某种可以与之对话的"传统"，就像飞卫与纪昌最后决定结为父子一样。因此一位作家的成熟，意味他不但可以摆脱所钟爱的作家或作品，同时对他最钟爱的部分，可以作"夺胎换骨"式的发扬。

谢榛《四溟诗话》里举了一组后辈作家师法前辈作家，却胜过前辈作家的例子：

> 苏子卿曰："明月照高楼，想见余光辉。"子美曰："落月满屋梁，犹疑照颜色。"庾信曰："落花与芝盖同飞，杨柳共春旗一色。"王勃曰："落霞与孤鹜齐飞，秋水共长天一色。"梁简文曰："湿花枝觉重，宿鸟羽飞迟。"韦苏州曰："漠漠帆来重，冥冥鸟去迟。"三者虽有所祖，然青愈于蓝矣。[7]

还有一个非常典型的例子。诗人但丁非常崇拜维吉尔，《神曲》中有不少细节是与维吉尔的《埃涅阿斯纪》较量的。在《地狱》部分里，但丁和维吉尔渡冥河，准备进入地狱那一段，写到了通往地狱的灵魂之多：

> 在秋天，树上的叶子会嗖嗖
> 零落，一片接一片的，直到树干
> 目睹所有的败叶委于四周。
> 亚当的坏子孙见召，也这样从河岸
> 一个接一个地向船里扑投下坠，
> 恍如鹰听到主人的召唤。
> 他们就这样出发，航入冥水。[8]

在《埃涅阿斯纪》中，维吉尔也写到了埃涅阿斯到冥府时，看到的众多灵魂进入冥府的情景："整群的灵魂像潮水一样涌向河滩，有做母亲的，有身强力壮的男子，有男童，有尚未婚配的少女，还有先父母而死的青年，其数目之多恰似树林里随着秋天的初寒而飘落的树叶，又像岁寒时节鸟群从远洋飞集到陆地，它们飞渡大海，降落到风和日暖的大地。"[9]维吉尔建立在灵魂与落叶之间的比喻，显然来自荷马。然而，到了但丁这里，该比喻被大幅度地修改。美国古典学者弗里切罗指出："在荷马和维吉尔下，树叶用来形容多，形容人是如何在自然无情的律法面前世代起落。在但丁这里，这个比喻被转换成一个灵魂堕落的比喻：为什么有如此多的灵魂堕入地狱？这是一个道德追问，而不再是对于人类命运的感慨。"[10]这种修改，比起年轻时写《新的生命》对波爱修斯《哲学的慰藉》的模仿和学习，显然要成熟得多。这正是《神曲》作为基督教文学经典的重要缘由。

在奥地利德语诗人里尔克的名作《秋日》（冯至译）里，我们也看到了对荷尔德林的学习和发扬。里尔克的一二两节如下：

> 主啊！是时候了。夏日曾经很盛大。
> 把你的阴影落在日晷上，
> 让秋风刮过田野。
>
> 让最后的果实长得丰满，
> 再给它们两天南方的气候，
> 迫使它们成熟，
> 把最后的甘甜酿入浓酒。[11]

荷尔德林在《致命运女神》一诗中也曾写道：

> 请再赐给我一个夏天，大能之神
> 和一个秋天，让我的歌成熟，
> 到那时我的心，饱足于甜美的弦音，
> 一定更情愿丢下我死去。[12]

257·

荷尔德林笔下的"命运女神"，被里尔克置换为"主"，这是在古希腊神话与基督教一神信仰之间进行转换。荷尔德林生活的时代，是古希腊被浪漫主义诗人和哲学家热烈讨论的时代，比如黑格尔、施莱格尔等，荷尔德林可以说是古希腊的信徒。而里尔克生活的年代，是基督教在欧洲日常生活中整体衰落的时代，是鼓吹文学尤其是诗歌替代宗教的时代。因此，对命运女神的祈求，改为对主的祈求，改变了整首诗的语势。"甜"修饰的主体从"歌"置换为"果实"和"酒"，就诗歌而言，也使诗歌的重心从声音变成物象，写"物"向来是里尔克之所长。这类写作上的"继承"与"改造"，也许应是晚辈作家与前辈作家之间的理想关系模式。

当然，也有例外，比如蒙田这样的作家，我们不太容易看得出影响他的直接前辈。他 37 岁才正式开始写作，一辈子只在琢磨和完善自己的随笔写作。再比如不久前刚去世的意大利小说家埃柯，他五十多岁才开始写作，却迅速成为一位引起世界瞩目的大作家，此前他的主要身份是符号学家和文学理论家。无论蒙田，还是埃柯，他们开始写作时，已经把前辈对他们影响消化为写作的力量，我们已经不太容易看出，到底是哪部作品或哪位作家对他产生了影响。当然，他们的短处，与青年作家可能是相反的，就像蒙田自己说的："明智也有过分的时候，也像疯狂一样需要节制。"[13]

三

一直有批评家不遗余力地建议作家应正视"现实"，或者说与自己的时代建立起有效的关系，这一建议的前提，似乎是许多作家的写作"不切实际"。但对于作家来说，也许只有写作的好坏问题，而不存在"现实"与否的担忧。

作家对自己的时代，多是不满和抱怨。这在青年作家身上往往表现为激情、愤怒或颓废。客观地说，每个时代都有令人迷惘、不满甚至绝望的部分。我们似乎不能说，今天的世界给我们带来的不确定感甚至绝望感，比起汉魏"千里无人烟"的战乱和屠杀，比起中世纪大面积长时间的黑死病噩梦，比起两次世界大战，更让人类没辙。但各个时代一样的也许是，生命的短暂无常，时代种种禁锢和不如意，在文学写作中，尤其在作家青年时期的写作中，以各种方式变形、放大，成为一种压迫性的力量。

我们自然地会放大今天人类处境的特殊性：人类"进步"对人类生存的威胁，前所未有地加剧；我们生活在这颗宇宙中偶然的星球上，由此产生虚无感，似乎比历史上任何时期都难克服。今天的青年作家，如何通过写作化解上述来自人类自身威胁和来自宇宙的虚无感？既有的思想和技艺资源是不是已经不够用了？对汉语作家来说，百年来剧烈推进的历史，现代化进程中的种种失落与疼痛，都是更具体真切的特殊处境。如何将当代人类的整体性处境和特殊处境转化为有效的写作实践？

然而，作家对时代的思考常常不是直接的，甚至不是有意的。批判和抱怨，肯定不是文学的主业，即使要怨，也是言之有文。对文学而言，最有效的部分，是通过隐喻或故事的无限内在空间，来展示作家对生命和世界的观察体悟。比如，英语诗人 T. S. 艾略特 27 岁发表的成名作《J·阿尔弗瑞德·普鲁弗洛克的情歌》，最令人记忆深刻的内容之一，是其中的惊人比喻，比如："当暮色蔓延在天际／像病人上了乙醚，躺在手术台上。"[14] 这样的比喻，成为工业时代的都市黄昏最精确的描写，也暗中完成了批判。对经历过雾霾之苦的中国读者来说，读这句诗很有共鸣。它对读者持久的感染，比直接的批判和抱怨更有效。伟大的隐喻，动人的故事，天然地具有超时空性。没有哪部伟大的作品，只局限在自己所产生的时代。公元 761 年，安史之乱还在继续，寓居成都草堂的杜甫，写了一组诗叫《绝句漫兴九首》。其中一首写诗人春天沿江散步的所见所感："断肠春江欲尽头，杖藜徐步立芳洲。癫狂柳絮随风舞，轻薄桃花逐水流。"春天在江边散步，本来是美事，但天下这么乱，诗人心情很不好。可作为一个大诗人，他并没有在诗里缺乏克制地直接表达情绪。前一句写诗人沮丧地拄杖散步江边，但这种直接的自我写照，并没有占据全诗，后一句智慧地转向了对客观物象的精确描写。这让人想起杜甫早些年所写的"感时花溅泪，恨别鸟惊心"（755 年《春望》）。时过境迁，已近五十的杜甫显然不再像从前写《春望》那样，全然地将世界直接作为主体情绪的镜像。此刻的风中柳絮癫狂，水里桃花轻薄，也可以是一种近乎纯然的春景，与诗人的悲伤情绪形成一种距离，而不再仅仅是转嫁情绪的意象，诗末的"逐水流"，让人想起时间流逝，感到了一种对沮丧和痛苦的缓减。这种对情绪的克制，以及立象尽意的转换，正是此诗最迷人的地方，也是他超越时代局限的地方。无论是艾略特之于工业社会，还是杜甫之于安史之乱，他们写作的意义都不止于对时代苦难的记录和抱怨，而是将它们上升为充满生机的语言表现。通过其语言表现，读者可以跨越时空，准确地理解那个场景中的情绪，这便是诗文胜于甲兵之关键所在。

今天的青年一代作家与时代的关系中，自然也包含一些我们可能熟视无睹，但极为重要的方面：这个时代的符号世界发生了巨大的变化，这个时代的知识在前所未有地膨胀。这其中，包含了每一个体与社会、历史和自然之间的信息和情感交换方式发生的剧变。由此给传统文学想象力模式带来的挑战和颠覆，也肯定是持久而巨大的。在本文开头，笔者曾说，新的文艺变革还看不清眉目，但是，变革需要的各种微观能量，肯定就蕴藏在今天我们关于青年写作的焦虑，以及对焦虑的突破之中。当然，每个时代都只会留下最好的文学，大部分作品，与历史上任何时期一样，难逃方生方死的无名的状态。无数阿多尼斯的死去，极少数阿多尼斯再生。里尔克在一首叫《预感》（陈敬容译）的小诗里说："我像一面旗被包围在辽阔的空间。／我觉得风从四方吹来，我必须忍耐。"[15] 置身于时空不变的浩淼和人世瞬息万变的具体困难，除了坚韧地继续劳作，我们似乎没有更好的办法。

注释：

[1]艾珉主编：《福楼拜文集》（第5卷），刘方等译，人民文学出版社2014年版，第247页。

[2][秘鲁]略萨：《中国套盒：致一位青年小说家》，百花文艺出版社2000年版，第9页。

[3][法]波德莱尔：《给青年文人的衷告》，《波德莱尔美学论文选》，郭宏安译，人民文学出版社1987年版，第19页。

[4]魏收：《魏书·祖莹传》，《美学资料集》，吴世常主编，河南人民出版社1983年版，第406页。

[5][美]弗兰克·M·特纳：《从卢梭到尼采》，王玲译，北京大学出版社2017年版，第329页。

[6][德]萨弗兰斯基：《尼采思想传记》，卫茂平译，华东师范大学出版社2007年版，第149页。

[7]谢榛、王夫之：《四溟诗话姜斋诗话》，人民文学出版社2008年版，第21页。

[8][意]但丁：《神曲·地狱篇》，黄国彬译注，外语教学与研究出版社2009年版，

第 43 页。

[9]［古罗马］维吉尔・塞内加：《埃涅阿斯纪・特罗亚妇女》，杨周翰译，上海人民出版社 2016 年版，第 198 页。

[10]［美］弗里切罗：《但丁：皈依的诗学》，朱振宇译，华夏出版社 2014 年版，第 184 页。

[11]韩耀成等编：《冯至全集》（第 9 卷），河北教育出版社 1999 年版，第 431 页。

[12]［德］荷尔德林：《浪游者》，林克译，上海文艺出版社 2014 年版，第 15 页。

[13]［法］蒙田：《蒙田随笔全集》（第 3 卷），马振骋译，上海书店出版社 2009 年版，第 49 页。

[14]［美］T.S.艾略特：《四个四重奏》，裘小龙译，译林出版社 2017 年版，第 6 页。

[15]臧棣编：《里尔克诗选》，中国文学出版社 1996 年版，第 11 页。

（选自《扬子江评论》2018 年第 3 期，责任编辑：方岩。）

如何理解新诗

/ 张定浩

在威廉·燕卜逊《朦胧的七种类型》的结尾处，他说："今天所有的诗歌读者都会一致认为，某些现代诗人是江湖骗子，尽管不同的读者会将这游弋不定的怀疑加在不同的诗人身上，但这些读者没有肯定的办法能证实自己的怀疑。……人们无论读什么诗，总感到有某种不满足，心中永远有疑团，不知道自己是否在正确地理解诗句，而假如应该这样理解，又不知道自己是否应该感到满意。很明显，缺少分析手段，比如缺少那类稳健可靠的手段来判定自己的态度正确与否，就会导致情感的贫乏，而缺乏情感不如不读诗。难怪，我们这个时代所需要的，就算不是对某一种诗的解释，也应该是一种有普遍说服力的信念，即坚信所有诗都是可解释的。"

这种由新批评派在 20 世纪初带来的有关诗歌的珍贵信念，即"坚信所有诗都是可解释的"，是这本小书的起点。这种"可解释"，并非意味着每首诗都如语文阅读理解试题一般在背后隐藏一个标准答案，更不是意味着一首诗就此可以等同于有关这首诗的各种知识，而是说，这首诗正在向我们发出邀请，邀请我们动用自己全部的感受力和分析力进入它，体验它，探索它，被它充满，并许诺，我们必将有所收获，这收获不是知识上的，而是心智和经验上的，像经受了一场爱情或奇异的风暴，我们的生命得以更新。

这种"可解释"的信念，同样也是对诗的巨大考验。既然它要求我们对一首诗完全信任，那么，这首诗也一定要有足够的力量配得上这种信任，这首诗需要像艾略特在《四个四重奏》里所阐明和示范的那样：

> ……而每个短语
> 和每个句子都恰当（每个词各得其所，

在各自位置上支撑其他的词，

每个词不胆怯也不卖弄，

新词与旧词从容交流，

日常词语准确又不粗俗，

书面词语精细且不迂腐，

整个乐队和谐共舞）

每个短语每个句子是结束也是开始，

每首诗是一座碑文……

　　事实上并不是所有的诗都能抵达这个高度。当我们这么说的时候，我们是从描述性的角度去定义"诗"这个词作为一个文类的存在，我们随即自然将诗分为好诗和坏诗。好诗拥有经得起解释的坚定秩序，像碑文和乐队一样，即便有偶然性的介入，最终也字字句句不可随意替换地构成一个完美整体；坏诗和相对平庸的诗则会在逐字逐句要求解释的重压下垮掉。但与此同时我们也须记得，当新批评派使用"诗"这个名词的时候，他们取的是其规范性而非描述性的定义，也就是说，只有好诗可以被称作"诗"，坏诗根本就不是诗。所以新批评派谈论的诗大多都是已有定论的经典作品，他们觉得这些经典作品中的一部分美被忽视了，或者说被冰封在某种似乎不可表达的文本冻土层中，他们希望用分析性的言语去开掘那些看似不可表述、一触即碎的美。倘若忽视这个描述性和规范性的区分，将新批评的文本细读仅仅当作一种独立的批评方法引进，且不加拣择地应用在任何一首从描述性角度被定义的诗身上，文本细读就会变成一种类似点金术的学院巫术，一种俯身向公众解释诗歌的谦虚姿态会迅速与一种特权话语般的学院傲慢合谋，进一步撕裂而非弥合诗和普通公众之间的距离。

　　诗是可解释的，但解释的前提、路径和终点，应当仍旧是广义的诗。而目前中文领域常见的释诗，往往是在非诗的层面展开的，这种"非诗"体现为两种情况，一种是散文化，把诗句拆成散文重新逐段讲述一遍，叠床架屋地告诉我们诗人在说什么，想说什么；另一种是哲学化，从一些核心词汇和意象出发，借助不停的转喻和联想，与各种坊间流行西哲攀上亲戚，在八九十年代或许是海德格尔、克尔凯郭尔，接着是福柯、德里达，如今则是阿甘本和朗西埃。这两种非诗的解释，一种把诗拖进散文的泥泞，一种将诗拽上哲学的高空，无论我们从中获得的最终感受是什么，是好是坏，它都和原来那首诗丧失了关系。

而这种情况之所以习焉不察，和汉语新诗作者、读者长久以来对翻译诗的严重依赖有关。在一首诗从源语言向着现代汉语的翻译中，能最大限度保存下来的，是这首诗要表达的意思、意义和大部分意象，也即一首诗中隐含的散文梗概和哲学碎片，而所谓语调、句法、节奏、音韵等需要精微辨认和用心体验的内在关系，以及依附于这种内在关系的情感和思维方式（现代语言学证明我们不是用单词而是直接用短语和句子进行思维的），大部分情况下在翻译中都丧失了。在这种情况下，对于习惯通过翻译诗接触现代诗的读者和写作者而言，囫囵吞枣和断章取义，似乎就成了理解诗歌的唯二方法。

这么说，并非要拒绝翻译诗，而是要认识到，在诗的解释和翻译之间存在同构关系。解释一首诗就是翻译一首诗，反之亦然。而当我们照着一般翻译诗和阅读翻译诗的习惯去解释一首诗的时候，我们或许正在丢失一首诗在传达和交流的过程中最不应该丢失的体验。

诗所带来的体验，首先是听觉上的，其次是视觉上的，更直接的反应则是身体上的。这种身体反应，在杰出的诗人那里曾经有过各种各样的表述，"如果我从肉体上感觉到仿佛自己的脑袋被搬走了，我知道这就是诗"（艾米莉·狄金森）；"一首好诗能从它沿着人们的脊椎造成的战栗去判定"（A. E. 豪斯曼）；"读完一首诗，如果你不是直到脚趾都有感受的话，都不是一首好诗"（罗伯特·沃伦）。一首好诗，带给我们的，首先是一种非常强烈和具体的肉身感受，一种非常诚实的、无法自我欺骗的感受。这种感受，类似于爱的感受，我们起初无以名状，如同威廉·布莱克遭遇弥尔顿时的感受：

> 但是弥尔顿钻进了我的脚；我看见……
> 但我不知道他是弥尔顿，因为人不能知道
> 穿过他身体的是什么，直到空间和时间
> 揭示出永恒的秘密。

所谓"道（word）成了肉身，住在我们中间"，这种感受，一定是来自母语的。希尼曾谈到他在学校所读到的几行丁尼生的诗：

> 老紫杉，抓住了刻着
>
> 下面的死者名字的石头，
>
> 你的纤维缠着无梦的圆，
>
> 你的根茎绕着骸骨。
>
> （《希尼三十年文选》中译本）

单看译文，我们大概会奇怪于希尼接下来所说的那种"有点像试金石，其语言能够引起你某种听觉上的小疙瘩"的身体感受，我们需要回顾一下原诗，它来自丁尼生《悼念集》第二首的开头几行：

> Old Yew, whichgraspest at the stones
>
> That name theunder-lying dead,
>
> Thy fibres net thedreamless head,
>
> Thy roots are wraptabout the bones.

在心中默读几遍，我们或许才能对希尼的话稍有所感，并隐约领会艾略特曾经发出的赞词，"自弥尔顿以来，丁尼生拥有最灵敏的听觉"。这里或许还可以尝试翻译如下：

> 老紫杉，你设法抓紧那些石碑，
>
> 它们讲述躺在下面的死者，
>
> 你的细枝网住没有梦的头，
>
> 你的根茎缠绕在那些骨头周围。

我所做出的翻译和原诗相比，当然还相距甚远。举这个微小的例子是希望强调，当我们阅读译诗的时候，要随时意识到译诗在我们心中所产生的体验和原诗应当产生的体验之间的或大或小的误差，我们需要随时调校这个误差，而来自与原诗作者相同母语的一些作者被翻译过来的文论，将会是很好的调校工具，如在这个丁尼生的例子中希尼和艾略特所起到的作用。

这里指的"被翻译过来的文论"，来自那些最好的诗人和最好的批评家——

艾略特的三卷本文论集，埃兹拉・庞德的《阅读 ABC》，布罗茨基《小于一》和《悲伤与理智》中有关奥登、哈代和弗罗斯特的文章，希尼有关艾略特、奥登、毕肖普和普拉斯的文章，帕斯的《弓与琴》，特里・伊格尔顿的《如何读诗》，詹姆斯・伍德的《不负责任的自我》，阿兰・布鲁姆的《爱与友谊》……是这些由辛勤的译者带给中文世界的典范文论在反复赋予我信念，相信在神秘主义和庸俗社会学之间，存在某种谈论诗歌乃至文学的更优雅和准确的现代方式。

这种作家批评，不同于学院教材，它始终是从具体出发的，并强调感受力和学养的相辅相成。在《不负责任的自我》的引言中，伍德谈到那些抗拒评论喜剧的人，"那些人似乎太害怕自我意识，或者说太不相信言词，尤其不相信阐释的可能。事实上许多喜剧不但可以阐释，而且完全可以阐释，有点儿荒唐的倒可能是喜剧理论"。伍德应当不会反对将这段话里的"喜剧"置换成"诗歌"，因为他也说到，"那些抗拒批评入侵喜剧的人往往也声称难以真正谈论诗歌、音乐或美学观念"。

与之同仇敌忾的，是特里・伊格尔顿。在《如何读诗》的开头，他愤怒于那种认为是文学批评杀死诗歌的陈词滥调，他举巴赫金、阿多诺、本雅明等诸多批评家为例，证明文学感受力是一种需要时刻熏习在杰出批评中方可艰苦获致的语言表达能力，"面对艾略特的几行诗，有批评家评论说，'标点中有某种很悲伤的东西'，大多数学生可说不出这样的语言。相反，他们把诗看作：其作者仿佛为着某种古怪的理由，以不满页的诗行写出他或她有关战争或性活动的观点"。他认为，令大多数学生在诗歌面前失语的，不是文学批评，而恰恰是文学批评缺失带来的相应感受力的缺失，这可以回应本文最初所引的燕卜逊那段话，正是"缺少分析手段"导致了"情感的贫乏"。他们共同期待文学批评可以有效地带给普通读者之物，在乔纳森・卡勒那里，则被正确又警醒地称之为——"文学能力"。

而所谓"文学能力"，与其说是用一种属于读者的主观能力阐释某首作为客体对象的诗，不如说是在读者和这首诗之间建立起一种类似于爱的积极关系。这也就是伊格尔顿所说的，"诗是某种对我们所做的东西，而不是某种仅仅对我们说话的东西，诗的词语的意思与对它们的体验紧密相关"。帕斯也说过类似的话，"诗的体验可以采用这种或那种方式，但总是超越这首诗本身，打破时间的墙，成为另一首诗"（《弓与琴》）。于是，要想有效地谈论一首诗，这种谈论本身就要有能力成为一首新的诗，或者说，新的创造。这种谈论本身当成为一种印证，以诗印证诗，用创造印证创造，在爱中印证爱。这种印证又不是脱离原诗的，相反，它要呈现的，正是伽达默尔曾经揭示给我们的"艺术真理"——"作品只有通过再创造或再现而使自身达到表现"，我们对一个过往作品的理解和热爱，本就是它作为存在的一部分，如我们所见到的星光之于星辰。

作为一名以中文为母语的现代写作者，虽然可以从域外文论中汲取种种方法和理念，但在实践层面，我自觉有可能谈论的，只能是中国的诗。

在前几年出版的《既见君子》那本小书里，我尝试谈论了从先秦到唐的部分古典诗和诗人。对当代汉语诗歌而言，虽然新古典的风尚绵延不绝，但大多数仍只停留在造句和意象的浅表层面，而古典诗人一生向上的六艺经史学养与温柔敦厚情性，最终如何体现在现代文辞之中，成为好学深思者默而识之的中文语感，才是传统与个人才能在今日得以继续相互转化的关键。通古今之变，方可成一家之言，然"吾犹昔人，非昔人也"，在尝试认识过去的同时，自身的时空位置也在不断变化，认识那个仍在不断变动中的古典世界遂始终和认识自我结合在了一起。

自唐至宋，是一个自中古社会向近世社会转化的过程，在诗歌领域最大的变化是词的兴盛。词，是古乐府与新音乐（即"胡夷里巷之曲"）在隋唐两世缓慢融合的产物，新音乐刺激生成新的语感，并得以表现新的更为复杂委曲的情感，在士大夫和教坊之间反复激荡，从"倚声填词"到"自度新曲"，不断拓宽汉语作为一门语言的音域与视域。此中变化，实可作为新诗的一面镜子。我记得自己年少时从母语中最初获致的强烈感动，就来自唐宋词，相信很多人也是如此。然而相较于古体诗，词与音乐的关系更为密切，又逢近世，其相应历代论著也更精细深广，我自问不通音律，读前贤词学著作每每废书而叹，不觉尚有自己置喙之必要。

倒是在新诗领域，虽然也逾百年，但中间发生了众所周知的时代和文化断裂，这次断裂令诗在当代所蒙受的艰难，大概要远远大于民初从文言到白话的断裂所造成的艰难。因为对民初诸君（如胡适、闻一多、朱自清等）而言，那断裂发生在已经长成的身体内部，是一次自发的决断，和中年变法般的新生，他们自身忍受和克服断裂的痛苦，并力图呈现给公众一个具有连续性的、可以理解也可以交流的诗世界，因为他们自身就是这样一些具有连续性的、可以理解也足堪交流的人；但对于二十世纪七八十年代接触新诗的一代人，这断裂是发生在外部，他们像一群先天营养不良、后天又被拔苗助长的孩子。当他们渐渐成为诗的代名词的时候，由于对中西过往诗学谱系的陌生，他们中的绝大多数只能加剧而非弥合这已经发生在外部的断裂，且也像孩子一般把断裂的责任都推给公众和时代。而当代文学史的过度发达，又进一步掩盖了这种断裂。文学史思维总给人一种"最新就是最好"的错觉，以及代际快速更替的焦虑。所以我们看到，现代文学三十年被精细地构建成一个从浪漫主义、象征主义到现代主义的循序渐进的诗歌脉络，而从二十世纪七八十年代至今的四十年时间，也被朦胧诗、第三代、九十年代诗歌、新世纪诗歌、当代汉诗等层出不穷的分类与新命名所占据。百年新诗，遂一方面被拼合成一个摇摇晃晃的形象工程般的巨人；另一方面，在它的内部，每部分都未及完成，每部分都旋即被抛入无止境的内战状态，并作为后来者的垫脚石，但那最后到来的人就一定是胜利者么，抑或只是内战的孤儿？

　　以徐志摩为例。这位新诗早期最有影响力的诗人，在今天几乎被学院习诗者羞于提及，因为在我们的文学史上，他所隶属的十九世纪浪漫主义诗学传统被描述成一个被法国象征主义和英美现代主义诗学迅速替代的过程，仿佛某种被时代淘汰之物。但悖谬之处在于，在那些没有受过文学史训练的普通读者那里，徐志摩最好的一些诗仍在流传，一直具有顽强的生命力，比如他的那首《偶然》：

　　　　我是天空里的一片云，
　　　　偶尔也投影在你的波心——
　　　　你不必讶异
　　　　更无须欢喜——
　　　　在转瞬间消失了踪影。

　　　　你我相逢在黑夜的海上，
　　　　你有你的，我有我的，方向；
　　　　你记得也好，
　　　　最好你忘掉，
　　　　在这交会时互放的光亮。

　　这首诗的灵感据说来自一位他邂逅的巴黎女子，而在徐志摩之前的上个世纪巴黎，在另一位诗人笔下，也有这样一位擦肩而过的女子：

大街在我们的周围震耳欲聋地喧嚷。

走过一位穿重孝、显出严峻的哀愁

瘦长而苗条的妇女，用一只美手

摇摇地撩起她那饰着花边的群裳；

轻捷而高贵，露出宛如雕像的小腿。

从她那像孕育着风暴的铅色天空

一样的眼中，我像精神失常者一样浑身颤动，

畅饮销魂的欢乐和那迷人的优美。

电光一闪……随后是黑夜！——用你的一瞥

突然使我如获重生的消逝的丽人

难道除了在来世，就不能再见到你？

去了！远了！太迟了！也许永远不可能！

因为今后的我们彼此都行踪不明，

尽管你已经知道我曾经对你钟情！

（波德莱尔《给一位擦肩而过的妇女》，钱春绮 译）

　　比较这两首诗是一件很有意思的事。它们面对的都是同样一个场景：一种转瞬即逝的美，甚至它们的灵感都来自于某个匆匆而过的巴黎女子，里面同样都用"光"比附"美"，用"黑夜"比附"美"消逝后的巨大空白。但简单的影响论并不是我感兴趣的，如果说徐志摩在这首诗中是从一个类似波德莱尔的起点出发的话，我感兴趣的，是他最终抵达的、完全不同于波德莱尔的终点。

　　《偶然》和巴黎有关，徐志摩在写这首诗之前也有系列回忆性散文《巴黎的鳞爪》。但我们在《偶然》里看不到一点大城市的影子，大城市给徐志摩的印象，始终是浮光掠影的，他看不到大城市的深处。所以一旦他要把某种印象凝聚成诗句，他一定是要到大自然里去寻找载体。天边的流云，地面的湖水，黑夜的海，投射的影子和互放的光亮，从种种大自然事物所直接产生的最表面化的隐喻，构成了这首诗的主干。而在波德莱尔的诗里，我们明白地看到一个"震耳欲聋地喧嚷"的大城市的背景，这个背景是由无数的城市大众组成，那个陌生女子是被大众推搡着，神秘而悄然地进入了诗人的视野。她在诗人心中产生的种种复杂情感，依附于这个具体的城市。

在《偶然》里，那个带给诗人灵感的女子被虚化了，诗里没有任何对这个女子的描绘，我们每个人都可以按照自己的样子去想象她，她仿佛可以来自任何一块地方、任何一个时代。也因为如此，这首诗具有一种普遍性的情感。但在波德莱尔那里，我们看到的是一个具体的女子，一个激烈却苍白的女子，一个缺乏大自然新鲜空气的女子。诗人在寥寥十四行里给予我们的，是一个拿破仑第三时期的巴黎女子的不朽形象，而不是任何别的地方、别的时代。

波德莱尔从过路人眼睛的角度察觉到一种爱正被"震耳欲聋地喧嚷"的大城市所玷污，体认到一种个人在人群中的巨大孤独感。使诗人着迷的是爱情——不是在第一瞥中，而是在最后一瞥中。这是在着迷瞬间契合于诗中的永远告别。正是在这一瞬间，诗人感觉到一种"如获重生"的巨大欣喜，如"精神失常者一样浑身颤动"。这种震惊的经验是现代主义诗学的根基。而在徐志摩那里，诗人的情感是内敛的。诗人力图将情感的波澜为自己所控制，"你不必讶异／更无须欢喜"。任何精神上的狂乱与不安是诗人所不愿看到的，他停留在一种淡淡的哀愁上面，并且以这种哀愁为营养，在"记得"和"忘掉"之间创造一种精神平静的和谐，是"用整齐柔丽清爽的诗句，来写出那微妙的灵魂的秘密"（据陈梦家《纪念志摩》）。

这简单的比较，不是要辨别优劣，而是为了看到他们各自遵循的，是截然不同的诗学态度。如果我们今天判断徐志摩并非第一流诗人，那绝不是因为他的诗中缺乏波德莱尔那样的现代主义元素，而恰恰相反，只能是因为他浪漫主义的不彻底和未完成，他因此和他所尊崇的浪漫主义诗学传统之间还存在着距离。

徐志摩崇尚自然，但是他看到的自然，实际上并不等同于雪莱和拜伦们的自然。雪莱把自然界当作一种川流不息的现象，他不是停留在大自然的表面，而是找寻自然界背后的更高的统一性：

> "一"永远存在，"多"变迁而流逝，
> 天庭的光永明，地上的阴影无常；
> 像铺有彩色玻璃的屋顶，生命
> 以其色泽玷污了永恒底白光，
> 直到死亡踏碎它为止。
>
> （《阿童尼》52节，查良铮 译）

而在拜伦那里，自然给予他的是：

> 这种感触是真理，它通过我们的存在，
> 又渗透而摆脱了自我；它是一种音调，
> 成为音乐的灵魂和源泉，使人明了永恒的谐和。
>
> （《恰尔德·哈洛尔德游记》第三章九〇节，杨熙龄 译）

在徐志摩的诗里面，我们看不到这些。正因为缺少一种独特的对自然的深度感受，徐志摩诗歌里的象征必然是一些浅显的，不具个人性的象征，缺乏在雪莱那里显而易见的"一套完整的由重复出现的象征组成的前后连贯的体系"。

浪漫主义诗学的确是要追寻一种和谐，但这种和谐却不是没有冲突的和谐，相反，这种和谐来自于各种对立的、不调和的性质之间的碰撞。徐志摩是意识到了这一点，我们在《偶然》里确实已看到了两种相对立的元素——美的惊觉和美的转瞬即逝，诗人用一种"哀而不伤"加以调和。但我们看到，两种对立元素产生的情感冲突在这里实际上都被削弱了，和谐是通过削弱冲突的方式达到的，这并不是浪漫主义诗人的理想。

以上，借用现代主义和浪漫主义两种诗学尺度的调校，我们大致得以知晓徐志摩诗艺上的不足，但这种知晓，依旧仅仅是知识上的。而诗不仅仅是知识。诗不同于散文之处，在于它还是语言自身所演奏的音乐，它是一种"乐语"，它要求的"和谐"与"复杂"就不仅是理性分析得来的，而是更为神秘的听觉体验上的和谐与复杂。

《偶然》大约是迄今最受汉语音乐人欢迎的一首新诗。它最早作为唱词出现在徐志摩和陆小曼合写的剧本《卞昆冈》第五幕里，二十世纪七十年代被香港的陈秋霞重新谱曲成歌，随后翻唱者络绎不绝，如张清芳、蔡琴、林隆璇、齐秦、黄耀明、黄秋生……有意思的是，各个诠释都不尽相同，张清芳的清亮，蔡琴的温婉，黄耀明的少年歌舞，黄秋生拖着烟嗓的颓废荒凉，他们各自唱出的不同乐语，恰恰印证了一首母语抒情诗不同于翻译诗也不同于流行歌词的地方——它的音乐性是开放的，它的简单是"澄江静如练"的简单，每个人都能从中舀取属于自己的一勺明镜，并且，照出的完全是中国的心灵。汉语中的徐志摩，无论如何，依旧比"汉语波德莱尔"或"汉语雪莱""汉语拜伦"都更为强悍。

什么是新诗？如何理解新诗？我希望自己可以重新面对这两个对于普通读者至关重要的问题。在当代中国文学领域，大概没有哪个文体在审美判断上遭遇到比新诗更严重的分裂，当所有的人都可以通过敲击回车键的方式来写诗，当文本细读变成语焉不详的赏析和高深莫测的黑话，当无数的诗歌奖颁给了无数的诗人，当大量水平参差佶屈聱牙的译诗集被捧作现代诗的典范，读者确实很难分清哪些诗人是江湖骗子，哪些诗作又不过是皇帝的新衣。

在这样的背景下，或许有必要暂时忘记包罗万象的文学史和分门别类的诗歌理论，去重温庞德在《阅读 ABC》中曾给予的诗歌教导：

> 我坚信，一个人通过真正知道以及细察几首最好的诗篇可以学到更多的诗歌之道，胜过随便浏览一大批作品。
>
> 任何生物学教师都会告诉你传递知识不能通过概括性的陈述而没有对具体细节的了解……当一个人将一首巴赫赋格练到可以把它拆开来又合起来的程度，他学到的音乐会比连弹十打混杂的合集要多。
>
> 让读者从实际看到的和听到的出发，而不是把他的心思从实际情况转移到其他某样东西上。

虽然新诗自诞生之初就一直承受西方现代诗的各种影响，新诗作者也一直在翻译诗的影响下写诗，虽然那些杰出的诗歌译者一直在为现代汉语贡献新的语感，但在语言层面，这些外来的影响都要被吸收和锻造在母语中才能真正起作用，诗歌乃至语言最深的奥秘永远只能从最好的母语诗人那里获得。

如同百年新诗本身所背负的未完成性一样，众多杰出的新诗作者，同样在某种程度上也都是未完成的诗人，而新诗不同于古典诗歌的地方，它的诱人与动人之处，它的全部活力，或也在于未完成。钱起《省试湘灵鼓瑟》："曲终人不见，江上数峰青。"斯人虽逝，我们这些喜欢读诗和写诗的现代中国人，却依旧生活在由这些诗人留下的最好诗作所构筑的汉语山河中，依旧在分享和渴望延展因他们的存在正变得更为广阔的中文。

（选自《上海文学》2018 年第 6 期，责任编辑：袁秋婷、吴昊、徐畅。）

《轮回》
王洪云
布面油画
150cm ×100cm
2011 年

《浴～独享》
王洪云
布面油画
40cm×60cm
2013 年

迟到的理解与秋天的戏剧

——2018秋季诗歌读记

／ 霍俊明

迟到的理解与年轻一代的"早期风格"

这一段时间以来，公共事件和话题此起彼伏，疫苗、"米兔"、龙泉寺、贸易战、抢座猥琐男、滴滴顺风车司机强奸杀人等等在轮番攻击公众的眼球和神经。然而我们看到的现实就像是身边的一场常见的雨，隔着那么多的雨水、雾气和寒冷，我们的视野并不是那么客观和清晰——更多是迷蒙、晦暗一片，世界是块巨大的毛玻璃。此时，我竟然想到了云南作家胡性能一篇小说的开头——"回到昆明的时候，天空正下着雨，机窗外一片暗淡。中午时分，细雨密织，均匀而有序地滴落在机场的水泥跑道上。远方的天地间，混沌，视野尽头缺乏必要的过渡，建筑物轮廓模糊，铁灰色，这幕布上的水渍，沉重的阴影正在被溶解。"（《鸽子的忧伤》，《大家》2018年第4期）

对于这个时代的诗歌和诗人，也是如此。我们无论是谈论一个时期的整体诗歌状貌与分层构造，还是具体而微地分析某一个具体的诗人和文本，都离不开一个最基本的依据："有诗为证"。

刚刚出版的厚达734页、涵括近千首诗作的《中国先锋诗歌年鉴：2017卷》（磨铁读诗会，中国青年出版社出版）显然是以文本最大化和多样化的方式展示或认定优秀而可靠的文本——比如该年鉴对诗人和文本的分类：年度最佳诗歌一百首、年度中国十佳诗人、"中国桂冠诗丛"入选诗人年选、中国年度诗人、实力诗人、汉语先锋诗歌佳作。如果将文本的考察视野进一步向外扩展，加拿大诗人、加拿大皇家学院院士蒂姆·柳本则认为西川、翟永明和欧阳江河是中国的"曼杰施塔姆一代"（参见《中国是当代世界诗歌写作最活跃的地区之一——诗人西川访谈》，

《芳草》2018年第3期）。有时候诗人也自己站出来为诗歌自圆其说，比如《中西诗歌》第1期推出的张执浩、李元胜、韩文戈、江雪、刘年、王单单、张二棍等32位诗人的"谈写作"。尤其是张二棍的这段话道出了诗歌写作的种种可能性和终极困境、写出的和未写出的焦虑意识："肯定有人用文字在暗室中作法，不然纸上不会有那么多呼风唤雨的诗。肯定有人把每一粒汉字都当成镜子，一遍遍笨拙地擦拭着，从中印照出大千。肯定有人写诗的时候，为了一个词，哭过，笑过，失魂落魄地寻找过，最后连自己都迷失了。肯定有人让一首诗和另一首诗，认亲或者厮杀。肯定有一首诗，冒充和欺骗了另一首诗。肯定有一首诗，我毕生都要去写它。我肯定写不出来，所以，我最后肯定埋在那首诗里，像一只甲虫埋在树叶里。"而阿西的元诗《借春心》（《中西诗歌》第1期），则道出了这个时代诗歌与诗人精神世界之间的种种可信和不可信，说出了重要的悖论式的精神事实——"但是，当诗人身陷现实的泥淖／如果不选择同污，而是选择春心／那就只能使用一种自虐的修辞／以赞美的方式反证自己未曾妥协／因此，你读到的好很可能是不好／你读到的欢呼可能是沉默／页面的空白很可能是凝固的血液／而字行间的微光是寒冷的冷／诗人，为了某个词的自由／有时必须在语言的荒野上流浪"（节选）。

质言之，一切都要回到文本的原点和内部，一切都要靠文本自身的成色与品质说话，但是这一切落实到具体的阅读实践并进而转化为评价则并不是那么轻松的事情。"日前因编选一部海子诗选，我又细读了一遍他的作品，但最终产生了一个让我意外的判断：多年来谈论海子的声音虽然铺天盖地，而仔细读完其全部作品的人，很可能寥寥无几！究其原因，除了他的创作体量过于庞大外，还存在以下原因：一是其长诗（由"河流三部曲"中的三首、"太阳七部书"中的七章，共十首构成）中的大部分作品，都存在着未及完成的碎片状态；二是多部长诗中成品与草稿混合的芜杂。因此，原本就缺乏耐心的读者，很难去追踪他那未及完形的鸷远诗思，而是径直去聚焦其精粹的短诗部分，进而将它视作海子诗的全部。也因此，我们现今谈论的，只是一个局部的海子，远非一个完整的海子。"（燎原《从牡蛎式生存到弥赛亚的重生——海子诗歌的逻辑起点与终极指归》，《大河诗歌》2018年秋卷）当然，评价一个文本、一个诗人必然会涉及美学标准和历史标准，而这一切还会因此变得更为复杂和具有戏剧性。当看到《延河》杂志推出的栏目"作家星座"推出白羊座的余华和杜拉斯的时候，我们会好奇而高兴地读这些关于星相学和作家性格的文字，至于其合理性倒在其次了。至于纷纷攘攘的诗歌运动、活动、事件，以及一时炙手可热的人物，都只能是过眼云烟。关于百年新诗问题的反思，建议读读姜涛的长文《从"蝴蝶""天狗"说到当代诗的"笼子"》(《诗刊》2018 年 8 月号下半月刊)，该文涉及了百年新诗的历史背景、语言系统、文化系统、主体形象、汉语性与现代性等问题。

写作此文的时候，立秋已过，处暑已过。在京郊八大处山脚下的半个月时间，几乎是天天读诗和讨论诗的日子，酷热难耐不言风雨，四季翻转有诗为证。第七届鲁迅文学奖的五位获奖诗人汤养宗、陈先发、胡弦、张执浩和杜涯已经站在了我们面前，还是读读他们的诗吧。我想起了汤养宗的一首诗《立字为据》，这是诗人的文字道义和精神责任，"我是诗人，我所做的工作就是立字，自己给自己／制订法典，一条棍棒先打自己，再打天下人／／有别于他人，立契约，割让土地，典老婆，或者／抵押自己的皮肉，说这条虫从此是你的虫／我与鸟啊树啊水底中的鱼啊都已商量好，甚至是／一些傲慢的走兽，闪电与雷声，我写下的字／已看住我的脾气，这是楚河，那是汉界，村头／就是乌托邦，反对变脸术，釜底抽薪，毒药又变成清茶／我立字，相当于老虎在自己的背上立下斑纹"。

甚至每一个诗人都会有迟来的阅读者，更不幸的则是诗人没有知音，这是不争的残酷事实。

在秋天来临的时候，在大理山水间的潘洗尘的院子里——两只兔子已经死了，如今那里换成了一个鱼池——我和潘洗尘、宋琳、树才、赵野和耿占春正在谈论着大理的一位本土白族诗人北海（1943—2018）。此时，接连数日的雨刚刚停歇，阳光再一次洒在了院子里。桂花飘香而斯人已逝。北海，本名张继先，早年曾骑车出行万余里——曾有朋友送诗云"骑行十万里，关公算老几"。此公早年家庭不幸，半生坎坷半生流浪，后来由朋友在大理古城的人民路租了一个摊位卖自己的自印诗集——甚至创下了一个月卖出三千本诗集的记录。其一生的信条是写诗、劳动、读书、做人，并且一直践行而未悔，"因而我的屡屡失败赚取的大笑为我赢得了声誉"（《早已忘却声誉》）。这位不为诗坛所知而早已忘却声誉的隐居者和狂生在写诗之余种菜，有时候会把采摘的蔬菜放在潘洗尘等老友的门口而默默离去。而令人遗憾和不解的是，北海在今年 3 月 26 日辞世，却直至 8 月中旬少数的几个朋友才知道这个不幸的消息。这是又一次对诗人的漠视和又一次迟到的理解，幸好这是一位诗人，幸好他曾经拥有自由独立的灵魂，至于能被多少人理解那不是诗人的不幸，而是众人的不幸。一个诗人的墓志铭早已经由语言和人格雕凿好了："当我不再写作的时候，我将静静地死去，／我遗留在世间的诗篇，没有人再读，／我也不再忧虑，烦愁，／因为我的灵魂也悠然飘飞，散去，／我已获得了最大的自由、宽慰，漠然处之：／世界已离我远去，我不再回望什么，／我的友人，我的战友，／继续你们无愧于人类的伟大事业吧！"（《当我不再写作的时候》）

　　此前，著名诗人伊蕾不幸在国外出游途中突发心脏病而辞世，时间定格在了2018 年 7 月 13 日下午四点，待消息传到国内，诗人们一时还不知道消息的真假。在写作陈超先生评传《转世的桃花》的时候，我数次和伊蕾通话、通信，她复印了极其珍贵的书信资料并一一编号附详细说明邮寄给我。陈超和伊蕾互相视对方为灵魂的朋友。可惜，"独身女人的卧室"彻底空无了，她在去天国途中看不到这本书了。此时，我不能不想到我的老师陈超先生，作为一个杰出的诗人和先锋诗论家在公众和业内也仍然是一个被迟到的理解者。我历三年多时间撰写的近 50万字的评传《转世的桃花——陈超评传》已经由河北教育出版社出版了，它也在等待着那些理解者。我甚至想说的是——不了解陈超的为人，不了解他的诗歌和诗论，就很难理解二十世纪八十年代以来中国诗歌到底发生了什么，中国诗人的精神世界和现实生活的真相是什么。

　　《山花》2018 年第 8 期发表了钟鸣的一篇随笔《诗的肖像（一）》，大抵是处理他特指的"第三代"诗人的写作境遇与精神指向。对于这一历史性的时刻，我倒是想谈谈近期阅读"90 后"年轻一代诗人的感受。而我们作为读者对于诗人"迟到的理解"，对以"90 后"为代表的年轻一代的写作者来说更是如此——对现场和此刻的处于进行时和未完成状态的写作者们我们往往是视而不见。而代际和群体化的谈论方式也往往是不得已而为之，《诗林》第 3 期就推出了杨庆祥、陈巨飞、吕布布等七位"80 后"诗人小辑："在'90 后'诗歌方兴未艾之际，我们回头看，'80 后'诗人经历了十几年的磨砺、沉淀与累积，大致形成清晰可辨的书写轨迹与美学特征。本期推出的'80 后'诗人小辑并非抱团之意，事实上他们各自独立的写作精神、立场、姿态，单纯的称谓'80 后'不足以覆盖他们的写作现状。"（严正"主持人语"）在读到《西部》杂志近期发表的数位"90 后"诗歌的时候，我尤其强烈地感受到了这一点。这一浮光掠影般的感受既涉及我对《西部》杂志刊发的这些"90后"诗人的阅读札记（第四期推出"90 后"诗歌小辑，涉及田凌云、康雪、李梦凡、木鱼、阿海、丁鹏、白天伟），也涉及其他刊物对"90后"诗人的推介，比如：《诗刊》8月号上半月刊发的玉珍的组诗《不知其名的神性》，《诗刊》8月号下半月刊发的橡树的组诗《山城浮动》，《诗歌月刊》第8期"新青年"推出的四位"90后"诗人尹祺圣、刘郎、侯乃琦、胡游，《青春》每一期的大学生诗歌，《广西文学》第7期的"90后诗展厅"，《诗林》第3期整体推出的李尤台、伯竑桥、德摩、谈炯程四位"90后"——还配发了同代人的印象和评论文字，《江南诗》第3期"发现"栏目推出谭雅尹和霁晨两位"90后"。尤其值得注意的是7月出版的民刊《桃花源》（诗歌副刊）2018年第3期竟然一口气推出了45位"90后"诗人，而同期刊发的夏汉的评论文章《诗的青蛙新娘，或诗学蜕变的多种可能——从诗艺的角度看"90后"诗人的写作》值得一读。我个人对"90后"诗人的印象绝非完备，而且不可避免地带有一些个人趣味与偏见（比如有的诗作我读起来毫无感觉，就不能再强行做按语加以妄论了）。

随着三本"90后"诗选的出版面世以及期刊、自媒体等平台对这一代人的不断强化，我们不得不再次强调：选本文化影响着每一代诗人。近年来，"90后"诗歌引发越来越多的关注。这既与其整体性的写作面貌有关，又离不开各种平台的大力推介。尤其是《西部》杂志的"西部头题"对"90后"诗人的推介力度在国内同类刊物中是不多见的，如2016年第4期和第7期分别推出玉珍和徐晓，2018年第1期推出包括余幼幼、曾曾、程川、马骥文、高短短、王二冬、蓝格子在内的"90后"诗歌小辑，2018年第4期又推出了田凌云、康雪、李梦凡（记得）、木鱼、阿海、丁鹏、白天伟等七位"90后"诗人。与一般的只是零星地发表某个诗人的一两首诗作不同，《西部》是以超大版面来推介这些年轻诗人的，比如玉珍发了29首诗，徐晓是25首。这对深入了解个体文本和把握整体特征都大有裨益，当然最大的受益者还是这些"90后"诗人。

"90后"写作群体很容易在阅读和评价中、在目前综合的推动机制下被评估为"新人"——文学新人、文学新一代、文学新生力量。那么这个"新"该如何理解呢？也就是说，我们往往在一种线性的时间惯性导致的认识论中指认诗歌是属于未来的，新的文本是由一代更年轻的崭新的写作者来完成的。在我看来，对于这一代刚刚开始成长的写作者来说，更为可靠的还是个案解读。程一身认为"90后"诗人是早熟或成熟的一代（《围绕家庭的叙述与咏叹》，《桃花源》2018年第3期）。甚至几位"90后"诗人已经过早地离开了这个尘世。我认同程一身对

• 280

这些已逝的"90后"诗人的客观评价，我们不能因为死亡或身体的特殊原因（比如许天伦这样只能用一根手指来写作诗歌的状况，肯定是值得尊敬的）而高估了诗人的写作，当然低估也同样是不允许的。"在已逝的四位"90后"诗人许立志（1990—2014）、王尧（1994—2015）、左秦（1994—2017）和凯歌（1995—2016）中，我选择了许立志。尽管他已永远停留在24岁，却必定是这代诗人的翘楚：他的诗对称于工业时代的内在现实，表达直接而不失艺术性，其成就是那些单纯训练技术的学院派诗人难以企及的。"姑且不谈论文中涉及的"学院派诗人"，程一身对许立志的评价和定位我认为是公允的。平心而论，我觉得许立志完全可以作为这一代人诗歌写作的代表，尽管他生命定格在了24岁，但是他的诗歌生命我认为可能是长久的，比如《悬疑小说》《谶言一种》《流水线上的兵马俑》甚至可以视为杰作。

读青年诗人的诗，我总是既苛刻又宽容：苛刻是希望从整体性的角度考量年轻的诗人应该具有一些"新质"乃至新的气象和新的方向，而宽容则是针对其偶尔犯的诗歌错误和写作的不健全也不必过于忧虑——就如一个青年脸上的青春痘一样，随着时间和成长自然会慢慢消退的。但是也必须强调当下的很多"90后"诗人在涉及现实和当代经验时立刻变得兴奋莫名，但大体忽略了其潜在的危险。一个诗人总会怀有写作"纯诗"的冲动，也不能拒绝"介入"现实。但是在诗学的层面二者的危险性几乎是均等的。诗人有必要通过甄别、判断、调节、校正、指明和见证来完成涵括了生命经验、时间经验以及社会经验的"诗性正义"。对当下青年诗人的精神能力需要一个长时间段的追踪才能下点印象式的"结论"。这种问题在20世纪80年代就已经出现。在我看来，对于这一代刚刚开始成长的写作者来说，更为可靠的还是个案解读。而对于女性诗人，我们又很容易在文本中找到与具体生活甚至隐秘情感相对应的那个"日常的人""白日梦中的人"。这种阅读心理不能完全避免，但是这种"固化"的解读也容易囫囵吞枣或者喧宾夺主。

玉珍是"90后"诗人中成长速度飞快且引起广泛关注的一位，在她参加诗刊社第三十届青春诗会以及入选中国青年出版社"中国好诗"（第二季）的时候我都深有感触。玉珍当时参加青春诗会的诗集为《喧嚣与孤独》，说实在话我不太喜欢这个名字，因为这更像是来自西方小说的读后感式的命名（比如捷克著名作家赫拉巴尔的中篇小说《过于喧嚣的孤独》），而我更希望在一个年轻的写作者那里看到不一样的思想活力、精神质素和写作潜力。这本集子里有玉珍写给英格褒·巴赫曼的诗，这让我想到的是炎热而恍惚的下午时刻的策兰，想到策兰干枯孤绝的黑色一生。而巴赫曼因为烟蒂引起的大火而意外辞世，我想到了她生前的诗句："在一切火焰中来去"。诗歌必然是确认自我的有效方式，而在玉珍这里确认自我的方式却有着某种特殊性。这不仅与性格有关，更与她的生长环境、家族履历以及现实生活密切关联。玉珍曾经在微信里给我发过她湖南乡下的院子，我看见有几只土鸡出现在了画面里。由这个寂静的院子出发，我们再来阅读玉珍的诗就有了一个可靠的精神背景。当然，这并不意味着"乡村""家族""乡土"甚至"乡愁"就在写作者那里获得了优先权甚至道德优势。我们在新世纪以来遇到的这种类型的诗歌却如滚滚落叶——不是太少而是太多，而且更多的是廉价的道德判断与伦理化表达。以此，再来介入和评价玉珍与此相关的诗歌，我想说的是这类诗歌的要求更高且难度更大了。在这方面，玉珍比较具有代表性的是《古希腊壁画圣女像》《宁静》《田野上的皇后》《父亲与寂静》《在我出生之地的大树下》《一枚黄豆》。玉珍在乡村生活那里找到了"空无感"，因为空无是乡村本相的一部分。玉珍的诗有些"早熟"，她的诗歌冷寂而自知，她处理的是空旷、孤独、沉默甚至死亡。田凌云的诗中出现最多的也是"孤独"，比如"我明知孤独是最大的绝症""青年爱我的孤独"。当玉珍说出"我还从没爱过谁"（《芦苇与爱情》），"整个世界寂静如最后一刻"（《父亲与寂静》），"多年来我习惯了沉默"（《白雪》），"没有孤独，我就不是我"（《荒诞》），我们领受的是提前到来的恒常如新的孤独、灵魂中的阴影以及无边无际的寂静。这对一个年轻人的挑战是巨大的，这既是针对个人生活也是指向写作内部。当玉珍的诗歌里不断重复和叠加"爷爷""父亲""母亲"的时候，这些渐渐清晰起来的家族形象也拉扯出乡村经验并不轻松的一面。玉珍更像是一个"等待者"，她倚靠在门前或"在我出生之地的大树下"眺望田野和群山里尚未归来的亲人们。这也是对一种生活方式的追念和挽留，"等苦难的父亲从山冈上归来"（《白雪》）。可怕的是，这种生活已经被一个飞速的时代甩得远远的——如一个人的心脏在强大的离心力中被甩出身体。这是乡土伦理被连根拔起的沉滞而冷峻的时刻，也是瞬间丧失了凭依的"末日般的悲凉"。值得注意的是包括玉珍在内的一部分"90后"，他们的诗在确确实实地指向个体经验和生活体验的时候也与整体性的时代发生摩擦式的对话关系，比如玉珍诗歌中的"时代""祖国""国家"，等等。当余幼幼强调"重口味审美"

的时候，你就应该意识到诗歌观念的分化离析状态已经是不争的事实。而对于余幼幼这样从十四岁开始写作的"早熟"者，阅读者反而容易形成一种偷懒式的认知惯性，对其诗歌印象往往会停留在最初的阅读阶段，而很容易忽略发展过程中的变化——当然"变化"是中性的词，既可能指向好也可能变得更糟。余幼幼的诗一般人认为有些"怪"，也不"淑女"，不大按常理出牌。她的诗有一点怪诞、神经质，有一些任性乖张，但这又不是经过伪饰装造出来的。余幼幼的诗没有"洁癖"，甚至经常会出现一些关于身体感官的"敏感词语"。她的诗显示了某种狂想状态的大胆气质。与此同时，她又毫不犹豫地把日常生活中那些毫无"诗意"可言的场景搬进了诗中，这些诗因而具有对一般意义上的"诗意""诗性"的反动，比如《太像从前的样子》。这一类型的诗会最大化地强化个人气质和体验，当然其携带的写作危险性也很大。《老了一点》差不多是一个"女孩"在走向"女人"途中的精神自传，接近于白和黑之间的过渡状态，"老了一点／手伸进米缸或者裤裆／都不再发抖"。这样的诗是对编辑、评论家和读者的一种具有逼迫感的挑战。

黑白叠加，必然是岁月的遗照。我想到多年来一直铭记的已逝诗人张枣的话："就像苹果之间携带了一个核，就像我们携带了死亡一样。它值得我们赞美，讽刺在它面前没有一点力量。"每个人都是偶然性的碎片。每个人都认为自己区别于其他人，但是当你和其他人一同出现在地铁、公交和电子屏幕前的时候就成了集体复制品。这在一个技术化的时代更为显豁，也许诗歌能够在真正意义上维护一个人的特殊性和完整性，"女性只有重新获得自己被去除的能力，重新发现完整和重新投入女性感情中令人神往的良心——那种说不上熟练的本能时，才能够变得完整"（温德尔）。高短短的诗（一部分）具有一种近乎天然的"命运感"。当她的诗歌指向过去时，指向"旧照片"，指向"母亲"，我便目睹了一个个日常但又绝非轻松的精神场景和生存境遇。这些近乎是肉体碰撞墙壁发出的声响无比沉闷，高短短的一些诗因而具有某种噬心的功能，比如《大多数》这样的诗。李梦凡在父亲离世后只能依赖诗歌进行心理补偿和缝补。她的《那么小》《无题》《给父亲理发》等关于"父亲""死亡"的诗足以打动我，那颤动的荆棘仍在内心里滚动、碾压。蓝格子、康雪、徐晓、田凌云等人的诗也是如此，文本成色的差异也比较明显。蓝格子诗歌中出现最多的是"日常"，这甚至成为一种自觉的写作路径。"日常"显然在诗歌中更需要诗人具备崭新的观照能力，反之只是在日常中处理日常就往往会成为等而下之的表层化文本。而读到徐晓的《致岁月》《途中》的时候，我突然（也许是诗歌和诗歌之间的相互打开的缘故）想到了穆旦以及他 24 岁时写的那首早期代表作《春》。徐晓的"临窗而作。7 点 20 的大巴车"几乎成为当下每个人的生活常态。而对于一代青年人来说，我更想知道他们的生活方式和精神状态，哪怕仅仅是通过诗歌和修辞的世界。当年的穆旦，那个四十年代的年轻人也是站在油漆剥落的窗口，他给我们呈现和打开的年轻的世界是"如果你是醒了，推开窗子，/看这满园的欲望多么美丽"。这是年轻人与外界、与时间、与自我、与身体乃至合法性欲望之间的对话。在徐晓的诗歌中我同样看到了类似的愿景、白日梦般的潮汐和茫茫旷野。徐晓的诗歌经常会设置两个角色，"我"和"你"（"我们"）。二者是对话性结构，是一个我与另一个我之间的协商、盘诘甚至龃龉。这回到了诗歌产生的一个源头——自我和自我争辩产生的是诗。这样必然会产生"困惑的诗""无解的诗"。"蓝天"正对应于青年的世界，而"迷惑"的发生正好与之产生了反向拉抻的力量。正是这种困惑、紧张——由时间和体验甚至白日梦带来的状态——产生的是真实的诗。相反，如果一个年轻诗人在诗歌中给出了关于自我、他人甚至整个世界的明晰的答案，充满了肯定、确认和毫不迟疑的积极的态度，显然这一切倒是虚假的、不可信的。

诗人不只是在寻求世界的"异质感"，也是在寻求历史风物踪迹和精神世界深隐的"真实"。诗人之间以及日常中人与人之间可供交流的直接经验反而是越来越贫乏。就写作经验以及阅读经验而言，汉语诗人的窘境已猝然降临。在整体性结构不复存在的情势下，诗歌的命名性、发现性和生成性都已变得艰难异常。

这个时代的世界地图越来越清晰，快速抵达，时时导航，看起来一切都是确定无疑的了。然而，快速移动也导致了认识装置的颠倒（柄谷行人《日本现代文学的起源》）、感受力的弱化、体验方式的同质化。读到王二冬的《空中管制》时我们都会对位思考在日常生活中所遭遇的类似的现代性事件。而我想强调的是诗人必须具备把一首诗写成具有重要性的范本的能力，否则诗歌往往容易导致失效和浮泛。由此我想到的是 20 世纪 90 年代于坚的长诗代表作《飞行》（还有王小妮的《在飞机上》《飞行的感觉》《在夜航飞机上看见海》《飞是不允许的》《抱大白菜的人仰倒了》等关于"飞行"的系列诗），我也建议青年诗人有时间比照阅读下。作为现代性意识的新的地理学风景是以消失地理和标记（精神印记）为代价的，整体被切割法则撕裂为光亮的碎片，视网膜和透视法被快速的工具和物化的权力机制给遮蔽住。与此同时，快速、无方向感和碎片还形成了一个个暖昧或诱惑的假象。工具制度性的现实需要的正是诗人的反观和还原能力，而这一反观和还原的过程在现实中可能比写作的境遇还要严峻。诗人还要寻找和维护的正是类似于希尼的"来自良心的共和国"。这是诗人的精神能见度，这是求真意志的坚持，这是维护人之为人的合理性，也是现象学意义上的挖掘、呈现和还原："我在良心共和国降落时／那里是如此寂静，当飞机引擎停止转动／我能听到一只麻鹬掠过跑道上空""那儿雾是令人畏惧的预兆，可闪电／却意味着天下大吉因而暴风雨来临时／父母们把襁褓中的婴儿挂在树上"（希尼）。

　　山东的"70后"一代在新世纪以来以其集束炸弹式的轰炸效果引起中国诗坛的广泛关注，但似乎山东的"80后"和"90后"则明显缺失了这种整体震动，个人风貌也大体模糊。木鱼的诗则相对成熟，他所处理的乡村视野下的家族经验以及个体体验沉稳而内敛，且能够在个人经验中抵达这个时代的某些秘密缝隙和通道。曾曾（"95后"），他的简介上显示"生于新疆"。这让我们对他所处理的诗歌空间格外感兴趣，并且惯性地联系到"边地""边疆""边塞"。确实，《荒野之马》《阿娜尔汗》带有这方面的某些显影，但是《塞下曲》《海岸上的普拉斯》《五月奏鸣曲》给我印象最深的则是"异域阅读经验"对青年诗人写作过程的影响。这样的诗具有某种搅拌机的性质，也需要写作者具有更大消化能力的胃，反之则易消化不良。而《塞下曲》显然更为成熟些，个人语词、传统语词和现代语词搅拌在一起，具有穿越、拼贴的某种剪辑的性质。我喜欢曾曾诗歌中那些类似于风沙中的砾石般的东西，有颗粒般的坚硬和摩擦感。程川算是一个出道比较早的诗人。他近年的散文和非虚构文本我也读过，印象深刻。程川的诗歌变化不大，用语较为繁复，个人判断性的词语也比较多。《亡灵书》《冬日与父母在火塘旁》沉稳而压抑，是其代表作。马骥文则带着"阅读""互文""纯美"和"骄傲"开始自己的诗歌之途，词语的漩涡、智力的星空和情感的闪电同时到来。诗歌自身隐秘的构造和自然万有以及精神主体的幽微震动在诗人这里得以持续观照与开掘。在他这里，诗人的特殊身份、突出的形式感、形而上的旋梯、核心意象、精神砥砺、当代性以及词语的摩擦、诗性淬炼是同时发生的。马骥文日后的写作可以寻求更多的支撑点和展开面，反思繁复的知识型用语的利弊，尝试以朴素的方式抒写日常化的现实与具体经验，做到隐喻与呈现、抽象与具象的平衡。

　　包括"90后"在内，诗人与时代存在着的特殊关系：依附与距离、一致性与异质性的同在。寻找或显或隐的一代人的时候，我们习惯于整体和共性面影的雕

285 ·

琢，却往往忽视了那些不流世俗、不拘一格、不合时宜的"转身"而去的个体、自我放逐者、猖狂者和匿名者。认同就必然会削去否定性的一面，反之亦然。强化同时代人的特点和差异性的同时总会不由自主地割裂与其他代际和时代的内在性关联和隐秘的共时性结构和装置，尤其是对于不同的美学趣味的"当事人"（往往热情有余而自省不足）而言他们所评述的对象（同一代人）则反差更大甚至往往是互不重合的（当年有人讥讽的"诗人就是不团结"也并非没有道理）。这也许正是同时代写作或"90 后"诗歌以及相应的研究者们应该予以关注和省思的，当然认同和质疑所构成的批评也会对写作的当事人产生焦虑和影响。

秋天的戏剧与总体性诗人

秋天的戏剧代表了一种时间法则，标示了暮年时间的精神回光和陀思妥耶夫斯基式的自我疑问与深度自省。对于生命体验而言，这也代表了记忆和回溯之光一次次在诗人眼中的现身——"只要想起一生中后悔的事 / 梅花便落了下来"（张枣《镜中》）。而由生存的空间、诗人身份以及生活阅历出发，我们不得不注意到诗人之间的内部差异，甚至某种程度这种差异会超出我们的预料。人生的秋日和写作的成熟，也大体是总体性诗人诞生的时刻。恍惚的秋日午后，我听到了细微的声响，如多年前保罗·策兰把黑色的牛奶在夜里吞咽下去的艰难声响。

在八月的大理，拿到宋琳递过来的最新一期的《今天》（总第 117 期）"今天杂志四十年专辑"的时候，我发现这一期杂志已经没有书号了，据说在海外发行的繁体版本还有书号。就个人与《今天》的关系我曾在第 80 期"中国诗歌：困境与思考"专号同时发表过两篇文章《白洋淀诗群的经典化》《深入当代与"底层"的诗歌写作伦理》（刘禾女士还专门撰文进行了点评和肯定，多年之后我在这里表示感谢）。而国内看到的简体版的《今天》又回到了起点，回到了 1978 年的原点——民刊。回北京后，我又收到了康城从漳州寄来的民刊《第三说》（总第 9 期）——最初是 2000 年 5 月建立的第三说诗歌论坛。四十年历史坐标中的《今天》纸刊（包括晚近时期的"今天"网站）显然占据了极其突出的位置，尤其是在七八十年代之交的历史时刻。而北岛一代人和这本文学刊物的命运也代表了这个社会不可思议的剧烈变化。通过当事人的回忆，围绕着《今天》杂志的四十年的一段文学细节史被传递过来，犹如一盏忽明忽暗的灯。冬天、北京、东四十四条胡同 76 号民居、白菜地、大雪、油印机、蜡纸、恍惚而热切的背影、围看的观众和读者来信、公园和大学里的朗诵者、海外寓居的漂泊生涯、复刊号上的热望，都在一次次流年飞雨中成为一个个精神性的碎片，成为一个个或大或小的时代象征。

人生皆作鸟兽散，诗人和历史也往往是光影绚烂而归于沉寂，秋天的戏剧在萧瑟时刻一场接一场地上演，"而我又将何去何从？76号的小屋也不是我的久居之地，没过些日子我便告别了。被严冬呼啸的寒风追打着的我漫无目的地游荡在北京城的街头，头脑里没有任何想法儿，只觉得自己是在听天由命。"（芒克《往事与今天》，印刻2018年出版）处于现实此刻的我们，处于日复一日的生存焦灼中的我们，确实在很多时候忽视了文学中的历史和人物，也忽视了此刻的我们所正在书写的一段"当代史"——很不幸又习以为常地沦为了旁观者和陌生人。

《今天》四十年了，北岛近七十岁了，现代诗一百年了，而灯光转暗之处那些错动不已的历史身居何方？这是近乎秋天的戏剧，光亮和晦暗交叠，温暖与微寒交互，过往与此刻交织，现在与未来交响。

值得注意的是，每一种诗歌民刊的传播都会有重要的"中介人"和"交通员"，比如赵一凡、周忠陵、孟浪（原名孟俊浪）。由这一期《今天》上宋琳、杨小滨、陈东东、刘春和刘波关于孟浪的回忆和评述文字，我想到了病情稍稍有些好转的孟浪——这位八十年代名动一时的大胡子诗人。隔着恍惚的岁月和病痛的此刻，我想起了孟浪的"衰老之歌"和秋天的戏剧——"诗歌不会领我向二十岁而去／青春在我决心到达的地方焚烧肉体／我正在途中，渐渐变老／渐渐成为你们心中的远景。//我走得慢，更有人在前方焦急／有人用他们的大手折断道路／我决心到达的地方仍然遥远／诗歌就从来在那里等待火焰逼近。//我在你们和他们之间，不见绿意／我在你们和他们之外，决心到达／迷途的森林，燃烧的森林／三十岁，我正遇到一阵更猛烈的衰老。//但诗歌不会领我向二十岁而去／但青春在我决心到达的地方焚烧肉体。"（《今天》总第117期）

从媒介革命来看，从民刊、传统纸媒、正式出版物到网络论坛BBS、博客、微博以及微信，其变化和衍生已超出了我们的想象力，而文学的内部的分蘖以及功能在媒介革命途中的变化也几乎是前所未有的。似乎，刊物（纸媒）的黄金时代已经过去了，而萧瑟的秋天已然降临。尤其是在诗人的精英和英雄角色集体消失之后，在诗歌写作越来越分化、个人化、多元化乃至泛化的时代，诗歌刊物遭受到的挑战几乎是前所未有的。诗歌刊物最重要的功能就是要能够涵容各种风格的诗人和诗作，反之则会成为越来越窄化的圈子以及同仁之间的互相"抚摸"。

以诗歌刊物为例，1922 年到 1949 年间诗刊约略为 110 多种，而 1949 年之后的诗刊数量却相当少。1950—1980 年间诗刊仅为 4 种（《大众诗歌》1950 年 1 月 1 日创刊，《人民诗歌》1950 年 1 月 15 日创刊，《诗刊》1957 年 1 月创刊，《星星》1957 年 1 月 5 日创刊），而 70 年代末期以来的诗歌民刊的数量则激增到数百种。确实，当我们回溯百年新诗，尤其是 1978 年以来的诗歌历程，我们会发现刊物尤其是民刊曾经起到了不可替代的重要作用。在 1978 年到 1980 年间，一些政治性的、文学性的民间刊物大量涌现。在七八十年代之交的民刊热潮中，中国文化和文学得到了突飞猛进的发展。与此同时，这些刊物也承担了再次启蒙的功能。无论是其时的"今天诗群"还是 1986 年的现代诗群体大展，都毫无争辩地印证了民间刊物的重要功能。80 年代的诗歌民刊在媒体尚不发达、官方出版物和刊物仍然严格把守的时候对青年诗人的诗歌阅读、交往和传播起到了不可替代的作用。那时油印的诗歌民刊打开了各地诗人的眼界。当时比较有影响的民刊主要有《今天》《启蒙》《崛起的一代》《第三代人》《莽汉》《他们》《倾向》《老家》《汉诗》《地铁》《大学生诗报》《非非》《海上》《倾向》《大陆》《北回归线》《红土》《南方》《喂》《撒娇》《反对》《红旗》《诗经》《写作间》《广场》《实验》《组成》《液体江南》《次生林》《恐龙蛋》《现代诗交流资料》《二十世纪现代诗编年史》《中国当代青年诗 38 首》《中国当代青年诗 75 首》《中国当代实验诗歌》《十种感觉》《日日新》《象罔》等等。此外其他大量的校园诗歌刊物更是难以计数。而在如今迅猛发展的新媒介革命的整体情势下，随着阅读方式以及诗歌传播方式和渠道的巨变，传统纸媒和民间刊物似乎都遭受到了前所未有的挑战，甚至集体进入了半休眠期。但是，这种忧虑也未必尽然，因为我们看到的另一个事实则是一些诗歌刊物（包括民刊）仍在业界以及读者那里具有深厚的影响力和持续的吸引力。

读到四川文艺出版社八月份推出的张新泉的诗集《张新泉的诗》以及即将由中国青年出版社出版的列入"中国好诗"第四季的张新泉最新诗稿《事到如今》时，我想到的则是一个诗人的晚年豹变和诗学变法，类似于沃尔科特晚年的《白鹭》一样的成熟和臻于至境。这是岁末书。这不由得让人想到瘦削萧索的晚年的杜甫，想到时间秋风般的撕裂和吹毁，想到"秋兴"的暮色与回光，但是从诗歌的精神视阈以及诗歌的思想走势来看，张新泉的"秋天"的诗更富于戏剧性，内容和视角更为丰富也更具亮色。

秋天的戏剧落幕，就是人生的收场，死神的手已隐约可见。人生是需要判断和直视的。那么，你有这个胆量写诗吗？如果存在着救世药方的话，对张新泉来说，应该在他的诗中。张新泉的诗歌印证了写作的某种晚期的豹变法则，"上六，君子豹变"（《周易》）。他绝非一个天才，更不是早熟的诗人，似乎残酷的命运过早地和他开了天大的玩笑——"这几天微信在晒十八岁／那年我扛包落入釜溪河／被渔民的铁钩捞起／夕阳闭眼，假装没看见"（《岁末书》）。此君半生多舛，比如早年的变故和过早开始的磨难，这位被改造者、被监管者成为沱江边的纤夫（"在滩水的暴力下／我们还原为／手脚触地的动物"）、搬运工、苦力、修路工、铁匠、剧团乐手……但是不幸被苦难"相中"的人，却并不一定能为诗神所眷顾。只是经历了时间的淬炼之后，他的诗歌方达到了炉火纯青的地步。这类似于缓慢的水成岩的过程，也正对应于王国维所言的那种"客观之诗人"、阅世之诗人——"客观之诗人，不可不多阅世。阅世愈深，则材料愈丰富，愈变化"。对于张新泉来说，这种阅历却是被动的苦难所逼迫的结果，"有一段纤绳曾勒肿过我的肩""春春秋秋的如雨苦泪""当射灯在岩壁上打出'剧终'时／我还匍匐在坑洼的纤道上／要从一个纤夫还原成看客／造物啊，且容我平了喘息／用半生浮名，掩住身上的汗渍／以及，嵌入骨头的伤瘢"（《现实景歌剧〈印象武隆〉》）。张新泉先生的近作，更像是沸腾和淬火之后的冷器，没有了火气、躁气、戾气。那种冷凝状态实则蕴含了整个过程的火与热的考验，这是精神的自审、睿智的讽喻、智性的盘诘以及时间的磨砺。张新泉并不是一个理想主义者，也不是怀疑论者，他更多是勘察者和剖析者。就像手术刀一样，谁也不能判定它的喜好是偏左还是偏右。他的诗大多是精神砥砺和世相龃龉的产物。他的诗歌越来越得心应手于减法，删繁就简，素朴迎面，真醇如醴。张新泉先生的最新诗集名为《事到如今》。这本诗集在我看来是一个诗人临近暮年时期的诗歌集成，是一个秋天背景中诗人的精神自审，也是一生为人法则的自况，是一个我与另一个我的逼视——"镜子里出现一个陌生人／也举着剃须刀，惊惶中／你吼出一句四川方言／——'哪个'？！"（《如影随形》）。说出"事到如今"这句话的时候，其动作是摊手、耸肩，表情是无可奈何，所揭开的是一个不可阻挡的境遇，是类似于秋天般的戏剧，是人生的暮年，是时间的挽歌，是沃尔科特晚年的"白鹭"。"事到如今"的下文可以有诸多具体的内容，但是在张新泉这里都被省略了，但大体不离人生的无奈、慨叹与自挽的萧瑟况味——不可能的都变成了可能。尤其是《事到如今》第二辑

"暮色斑斓"，带来的是暮年的响声和一个人的留言，简直是五味杂陈、寒气逼人，甚至给人以迎头一击。这是真正意义上的本体之诗和生命诗章。如果把老年的身心状态比作老旧的房子的话，更多的诗人带给我们的则是"茅屋为秋风所破"般的萧索和悲怆。然而与此截然不同的是，张新泉生命暮年状态的诗歌是豁达、晴朗和开放的，是斑斓无比的，这些向死而生的诗歌给我们上了难得的教育课，而我们一直都在追问自我存在、宿命和终极的归宿。他最终拨开了宿命的浓雾与瘴气。当然张新泉的这些终极意义上的生命之诗也带有不可避免的深彻、清冷和孤独的意味，音调也是低沉的，也有幻灭的隐忧。反之，面对暮年和死亡一味的旷达和乐观则必然是虚假和做作的。这是被终极的黄昏所激发出来的自陈、自况和自省、自白。这些诗歌的题目和空间近乎让脆弱的人们不敢直视而胆战心惊，比如《我已经活得又老又旧》《我看见迎面走来的暮年》《陪母亲去墓地》《冥衣铺》《我的葬身之地》《睡棺记》《从照片中离去》《120 或急救之车》《都要去那个地方》《留言》《守灵》《双穴》《埋》《鲜花丛中：记梦》《参观火葬场》《太平间》《在火葬场看录像》《火葬场的烟囱（之一）》《火葬场的烟囱（二）》《代你扫墓》《逝者来电》。如此密集的黑暗沉沉的"死亡之诗"简直像胸口的大石，像梦魇不醒，像魔咒缠身。至于这些生命之诗所展开的具体的空间和情境更是冷飕飕的碾压和粉碎，到处都是虚妄和绝地。这使人仿佛置身于太平间的冰柜，遗言、冥衣铺、棺材、遗像、殡仪馆、太平间、火葬场（烟囱）、焚化炉、骨灰、墓地、冥币等等另一个世界的酷烈接踵而至。这需要胆量，更需要对自我和生命的终极归宿的了悟，"清明节黄昏／远天滚过一串轻雷／你突然看见死者的名字／／在手机屏幕上／亮了一下"（《不要删除死者的电话》）。这是关于死亡的预叙和预演，很少有诗人敢于这样写，敢于近乎自我施咒，"我脱下棺里的黑，加了一件衣裳"（《埋》），"几十年，就这么冷到结束"（《王志杰周年祭》）。

关于秋天戏剧背景下的写作的成熟期，我们还可以理解为强力诗人、创造力诗人、生产性诗人和总体性诗人诞生的可能。这对于当下中国诗歌而言是一个不断被放大的焦虑话题。

奥登在《19 世纪英国次要诗人选集》中对大诗人提出的标准如下：一是必须多产；二是他的诗在题材和处理手法上必须宽泛；三是他在观察人生角度和风格提炼上，必须显示出独一无二的创造性；四是在诗的技巧上必须是一个行家；五是尽管其诗作早已经是成熟作品，但其成熟过程要一直持续到老。近年来，诗人却越来越滥用了个人经验，自得、自恋、自嗨。个人成为圭臬，整体性不复存在，取而代之的是一个个新鲜的碎片。个人比拼的时代正在降临，千高原和块茎成为一个个诗人的个体目标，整体性、精神代际和思想谱系被取代。无论诗人为此做出的是"加法"还是"减法"，是同向而行还是另辟蹊径，这恰恰是在突出了个体风格的同时缺失了对新诗传统的构建。问题是，没有一个诗人能够在真正意义上成为一个时代文学的总体表征，汉语诗歌迫切期待着总体性诗人的出现。总体性诗人的出现和最终完成是建立于影响的焦虑和影响的剖析基础之上的，任何诗人都不是凭空产生、拔地而起的。与此相应，作为一种阅读期待，我们的追问是谁将是这个时代的"杜甫"或者"沃尔科特"？博尔赫斯的《卡夫卡和他的前辈们》从影响的角度论证了卡夫卡的奇异性。而哈罗德·布鲁姆则在《影响的焦虑》《影响的剖析》中自始至终谈论文学的影响问题，甚至这几乎是无处不在的一个不言自明的事实。一百年的新诗发展，无论是无头苍蝇般毫无方向感地取法西方还是近年来向杜甫等中国古典诗人的迟到的致敬都无不体现了这种焦虑——焦虑对应的就是不自信、命名的失语状态以及自我位置的犹疑不定。这是现代诗人必须完成的"成人礼"和精神仪式，也必然是现代性的丧乱。

291 ·

当读到《作家》第八期上吉狄马加的《叫不出名字的人》，我认为这是一首极富难度的诗，不仅因为处理的是"人民"的主题，而且在一种精神向度和思想能力上这也代表了成熟诗人的现实感和命运共同体的总体命名能力。这正是基于个体真实基础之上的总体性的文本，显然它已超越了同类文本而成为独异的"这一个"——"人民是一个特殊用语，还是一个抽象的称谓？ / 我理解如果没有个体的存在，就不可能有我们 / 经常挂在嘴边和文章中提到的这个词。 / 因为人民也许是更宏大的一种政治的表述， / 我们说大海的时候，就很像我们在说着人民。 / 有人说一滴水并不是大海，就如同说他对面那个 / 人不是人民，这样的逻辑是否真的能够成立？ / 也许你会说没有一粒粒的沙，怎么可能形成 / 浩瀚无边的沙漠？但仍然会有一种观点一直坚持 / 他们的说法：沙和沙漠就是吹动的风和风中的影子。"（节选）

图书在版编目（ＣＩＰ）数据

诗收获. 2018 年. 秋之卷/ 雷平阳，李少君主编
. -- 武汉：长江文艺出版社, 2018.11
ISBN 978-7-5702-0687-2

Ⅰ. ①诗… Ⅱ. ①雷…②李… Ⅲ. ①诗集－中国－
当代 Ⅳ. ①I227

中国版本图书馆 CIP 数据核字（2018）第 251553 号

策　　划：沉　河
责任编辑：谈　骁　　　　　　　　责任校对：陈　琪
装帧设计：马　滨　　　　　　　　责任印制：邱　莉　　王光兴

出版：　长江出版传媒　　长江文艺出版社

地址：武汉市雄楚大街 268 号　　　　邮编：430070
发行：长江文艺出版社
电话：027—87679360
http://www.cjlap.com
印刷：武汉市福成启铭彩色包装印刷有限公司

开本：720 毫米×1020 毫米　　1/16　　印张：18.5
版次：2018 年 11 月第 1 版　　　　　2018 年 11 月第 1 次印刷
行数：7460 行

定价：39.00 元